AF194132

Bernd Reutler

Glückliche Jahre

Erzählung

Impressum

Bibliografische Information der Deutschen
Nationalbibliothek:
Die Deutsche Nationalbibliothek verzeichnet diese
Publikation in der Deutschen Nationalbibliografie; detaillierte
bibliografische Daten sind im Internet über http://dnb.dnb.de
abrufbar.

Herstellung und Verlag: BoD – Books on Demand,
Norderstedt

ISBN: 978-3-7543-3528-23

Winnie: Wie lautet doch die wundervolle Zeile? Oh, flücht'ge Freuden - Oh, hm-hm währendes Weh. (Samuel Beckett, Glückliche Tage)

Auf dem Umschlag: Samuel Beckett, Glückliche Tage (Inszenierung: Bernd Reutler). Die im Text kursiv hervorgehobenen Zitate sind dem Schauspiel „ Glückliche Tage" von Samuel Beckett in der Übersetzung von Erika und Elmar Tophoven entnommen.

1

"Der Mann übernimmt die Deckung der materiellen Bedürfnisse seiner Frau; die Frau die Deckung der körperlichen Bedürfnisse ihres Mannes"- so steht es jedenfalls im
Programmheft; ein ganz und gar prosaischer Kommentar
zum hocharatifiziellen Stück des Abends. Der Intendant des
Zimmertheaters hatte - wie er es vor jeder Vorstellung zu
tun pflegt - jedes Mitglied seiner anhänglichen Besucher-
gemeinde mit einem Händedruck, mit einer angedeuteten
Umarmung oder gar mit Wangenküßchen rechts und links
im neu gestalteten Foyer begrüßt. Sein Ausstattungsleiter
hatte die Woche vor Spielzeitbeginn noch schnell dazu be-
nutzt, den bescheidenen Vorraum völlig neu zu gestalten:
Die Versatzstücke seiner etwas abenteuerlichen Dekoration waren die Gliedmaßen weiblicher Schaufenster-
puppen; da ragte ein Bein waagerecht aus der Wand, und
am großen Zeh war eine elektrische Kerze befestigt; da
hing ein Beinpaar von der Decke, dessen Sterilität aber ins
aufdringlich Sinnliche gewandelt war, indem ein schwar-
zer Büschel ziemlich schamlos die weibliche Scham imagi-
nierte; da klebten rosige Plastikbrüste an der Decke, deren
Warzen durch Glühbirnen ersetzt waren. All dies mochte
der Einstimmung auf die bevorstehende Première dienen:
Die Frau übernimmt die Deckung der körperlichen Bedürfnisse des Mannes.

Mein Stammplatz befand sich in der vorletzten Reihe, was
bei der Größe dieses Kammertheaters so gut wie 1. Parkett
bedeutete. Der Vorhang war schon geöffnet, eine Inszenie-
rungsmode jener Jahre, da auch die Stücke dazu tendier-

ten, den Zuschauer mit einem geheimnislosen "Der Vorhang auf und alle Fragen geklärt" aller Illusion zu berauben. Das Stück dieser Eröffnungspremière aber war voller Rätsel, auch wenn das Programmheft besserwisserisch vorgab, der Rätsel Lösungen zu kennen. Ich hatte mir damals alle möglichen Theorien angelesen in der Hoffnung, der Lösung meiner höchst persönlichen Rätsel (wie ich zur werlte sollte leben) wenigstens ein bißchen näher zu kommen. Dabei hatte ich aber zunehmend das Gefühl, daß jedes Körnchen Wahrheit letztlich nur zu dem Sandhaufen beitrug, in dem ich schließlich versinken würde; mir schienen all diese Teilwahrheiten nicht unbedingt auf Sand gebaut, sondern sich langsam zu einem bedrohlichen Sandhaufen aufzutürmen, der mich schließlich übersteigen würde, so daß ich unter ihm ersticken müßte - ganz so wie es für jene Hauptperson zu befürchten stand, die schon jetzt auf der Bühne zu erkennen war, wie sie bis zur Hüfte in jenem berühmten Sandhaufen steckte, der jedem passionierten Theatergänger ebenso vertraut ist wie das vom selben Metaphernerfinder geforderte einsame, kahl starrende Bäumchen, das in allerlei Gestalt (und sei es in Form eines Kleiderständers) aus dem Bühnenboden wächst. Das Stück, zu dessen Aufführung der Vorhang also schon geöffnet war, spielt - so etwa las ich im Programmheft - nach der apokalyptischen Katastrophe; die Apokalypse des Unbewußten, die Gesamtheit der von der Wissenschaft entwickelten ideologischen Schrecken ist aktuell geworden. Was zunächst ganz profan ins Auge sticht, ist, daß die weibliche Hauptfigur sexuell unzugänglich ist, da sie nun einmal in diesem verdammten Sandhaufen steckt mitten in einer ungeheuren schattenlosen Wüste. So ist es nichts mit der Erfüllung ihrer Pflicht, der Deckung des körperlichen Bedürfnisses ihres Mannes, und es würde für ihren Mann schon zu einer Art Sisyphosarbeit ausarten, zu ihrem verborgenen Tunnel einen Tunnel graben zu wollen, der doch nur sogleich wieder zugerieselt würde, womit dieser mysteriöse Sandhaufen zugleich als eine überdimensionierte Sanduhr erscheint, die nichts anderes anzeigt als den vergeblichen Wettlauf mit der Zeit. Gleich wird die Frau ihren Mann mit ihrem zwanghaften Redefluß zu entschädigen suchen, von dem wir als Zuschauer zwei Stunden schlürfen werden. Dabei wird sie ständig in ihrer Tasche herumkramen, um uns unser kulturelles Erbe triumphierend zu demonstrieren: Zahnbürste, Lippenstift und Taschenspiegel - Exemplare jener suchtbildenden Verbrauchsgüter also, die diese uns so nahe stehende Heldin zur idealen Konsumentin machen. So geht das jeden Tag, die Verhältnisse werden immer schlechter, es gibt immer weniger Trost, und den kommerzialisierten Tröstungen verfallen, wird diese Frau den Teufelskreis der Sucht nicht zu durchbrechen vermögen. Soll ihr der Sand also am Ende ruhig bis zum Halse stehen und irgendwann, wenn diese Vorstellung längst beendet ist, ihr das Maul stopfen, um ihren Redefluß zu enden. Mag ihr Kerl immer wieder den Sandhaufen viehisch hinauf zu robben versuchen, um ihn doch immer wieder nur als ihn verhöhnende Rutschbahn zu erleben, mit ihm ist sowieso nichts mehr los, dem impotenten Rentner. Dieser Mann, der die Wünsche seiner Frau als Konsumentin nicht mehr erfüllen kann, dieser Mann hat damit den Ehevertrag gebrochen, nicht länger ist sie verpflichtet, sich ihm zu unterwerfen und ihn zu befriedigen. Hier werden alle Illusionen endlich begraben, denn was vorher war, was die beiden einmal verbunden haben mag, war ja nicht Liebe, sondern bloß Krämerliebe, Liebe als Einzelhandelsware. Uff! Ich hätte diese Gebrauchsanweisung zur Inszenierung (auch so eine Mode jener längst vergangenen Jahre des aufklärerischen Hinterfragens, insistierend und penetrant) besser nicht bis zum letzten, immer besonders dringlichen Klingelzeichen, das den Vorstellungsbeginn ankündigt, lesen sollen, zumal ich als Kritiker mich nicht von die Inszenierung flankierenden Maßnahmen beeindrucken lassen sollte. Aber auch diese Lektüre faszinierte mich wie all jene Artikel, die mir das Leben und besonders das Verhältnis zwischen Mann und Frau erklären wollten. Und auch hier vermeinte ich, das eine und andere Körnchen Wahrheit zu finden, das - so stand in meinem Zustand zu befürchten - zu dem Sandhaufen beitragen würde, der mir in meiner Wüste entweder sehr schnell wieder spurlos verweht oder mich aber unter sich begraben würde. Da aber entdeckte ich sie, die eigentliche Protagonistin dieses Abends, nein, meine Protagonistin jedes Abends, an dem sie eine Première in diesem Haus besuchte. Wäre sie Schauspielerin gewesen, so hätte man sicher von ihrer unerklärlichen Bühnenpräsenz geschwärmt, diesem Phänomen, das gerade nicht auf Extravaganz beruht, einem überspannten Umherschweifen außerhalb der Normen, einer Verstiegenheit, die alle Normalität zu übersteigen sucht, sondern auf der kaum beschreibbaren Unauffälligkeit der Mittel; wahre Bühnenpräsenz setzt eben gerade nicht auf die auftrumpfenden Mätzchen des outrierenden Mittelmaßes. Sie setzte sich auf ihren Stammplatz genau in der Mitte des Zuschauerraumes, aber es war nicht dieser räumliche Mittelpunkt, der sie für mich zur zentralen Gestalt machte, mochte es auf der Bühne auch noch so spannend, erhaben oder komisch, dramatisch oder lehrreich zugehen, für mich gingen alle emotionalen Schübe, die mich innerlich so bewegten, daß es mir schwer fiel, ruhig zu sitzen, allein von ihr aus, wozu es genügte, daß ich meinen Blick auf ihren durch den sportlichen Haarschnitt entblößten Nacken fixierte. Sie sah und hörte konzentriert zu, nicht die geringste Bewegung signalisierte irgendeine Ablenkung, und für mich bedurfte es keiner Regung von ihr, um dennoch diese ungeheure Präsenz zu empfinden, die ihr eigen war. Sie hätte genauso auf der Bühne dasitzen können, und alles noch so dramatische Geschehen um sie herum wäre unscheinbare Nebenhandlung geblieben; die bewegendsten und turbulentesten Abläufe hätten doch nur den starren Rahmen abgeben können, in dem sie in all ihrer Ruhe die einzige wirklich lebendige, die bewegendste Figur geblieben wäre.

"Chance für fixen Jungen - heller Knabe gesucht" - so höre ich den Mann auf der Bühne seiner Frau aus einer Zeitung, die er sonst gegen das gnadenlose Sonnenlicht auf seiner schrundigen Glatze ausgebreitet hat, die Stellenanzeigen vorlesen, womit er ihr wohl eine Verheißung suggerieren möchte, die angesichts der absurden Situation geradezu grotesk ist. Aber bin ich nicht selbst mit meinen Gedankenspielereien, meinen Phantasien, meinen wachen Abendträumen gerade dabei, in mir einen solchen fixen Jungen (wenn auch nicht unbedingt einen hellen Knaben) zu sehen, der sich dieser - wenn auch aus ganz anderen Gründen unerreichbaren - wunderbaren Protagonistin als Partner anzudienen wünscht, und sollte ich dabei auch nur eine ganz bescheidene Nebenrolle spielen dürfen. Würde diese Person auf der Bühne doch endlich bis zum Hals in ihrem ominösen Sandhaufen stecken, dann wäre die Vorstellung gleich zu Ende, und ich könnte meiner Protagonistin die Schlußzeilen des Stücks ins Ohr summen: "Lippen schweigen, 's flüstern Geigen..." - Nein, sie würde solchen Kitsch mit einem Hohnlächeln quittieren. Sie ist

Krankengymnastin, eine durch und durch sportliche Frau und ganz sicher kein gefühliges Seelchen. Ich werde mir etwas anderes einfallen lassen müssen. Warum sie nicht am Ausgang (es gibt nur diese eine schmale Saaltür) erwarten und zu einem Glas Wein einladen: Ich würde so gern mit Ihnen über Stück und Aufführung sprechen. Schließlich bin ich Theaterkritiker, das wissen alle hier im Saal, und warum sollte es sie nicht reizen, meine Meinung schon zu erfahren, noch bevor sie im Feuilleton erscheint, privatissime et gratis gewissermaßen, das müßte ihr doch schmeicheln! Und sie ging darauf ein. Das ist jetzt zwanzig Jahre her.

Wir saßen nach der Premiere zusammen bei einem Glas Wein; sie war meiner Einladung so umstandslos gefolgt, als kennten wir uns schon lange. Zum ersten Mal konnte ich ihr Gesicht frontal aus nächster Nähe betrachten.

"Diana - ein schöner Name, klangvoll und ausdrucksstark. Der Name paßt zu Ihnen. Sie haben etwas von jener sportlichen Jägerin. Diana, Beschützerin der Schwachen - Sie strahlen Festigkeit und Optimismus aus, ich glaube, Ihre Patienten fühlen sich gut aufgehoben bei Ihnen."

"Danke für die positive Kritik. Mit was für einer Rolle könnte man mich denn besetzen?"

"Jedenfalls nicht mit einer solch inaktiven Rolle; das heißt, die Protagonistin dieses Abends war ja keineswegs untätig, aber ihr Aktivismus ist sinnlos. Diana hingegen ist eine entschlossene Göttin. Auch wenn es dabei meist um die Verteidigung der Jungfräulichkeit geht."

"Halten sie mich etwa für eine Feministin, sehe ich so aus?"

"Diana galt auch als Todesbringerin der Frauen, eine Feministin war sie insofern kaum."

"Nein, eine so düstere Rolle spiele ich wahrlich nicht. Obwohl - wir wetten in meiner Praxis tatsächlich, welche Patienten das nächste Quartal nicht mehr erleben werden. Das ist makaber, nicht wahr? Aber so helfen wir uns hinweg über unsere depressiven Anwandlungen. Wir liegen mit unseren Prognosen übrigens ziemlich oft daneben, gottseidank."

"Oder Dank Ihrer Professionalität."

"Vielleicht. Mag schon sein."

"Ich kenne einige Ihrer Patienten ; sie sind alle des Lobes voll. In der Antike hätte man Ihnen zum Dank Tempel errichtet. Kennen Sie Ihre Heiligtümer?"

"Ich verstehe nicht..."

"Darf ich Sie zu einer Erkundungsreise einladen, zu einer Rundreise ums mare nostrum?"

"Ich verstehe immer weniger."

"Bei den Griechen war Ihr Name Artemis. Wir beginnen unsere Reise in Kleinasien, in Didyma, wo Leto Sie von Zeus empfangen hat."

"Aha."

"Gleich nebenan bestaunen wir eines der sieben Weltwunder, Ihren Tempel in Ephesos, wo Sie geboren wurden."

"Das ist mir neu."

"Womöglich wurden Sie aber auch auf Delos geboren, kurz vor Ihrem Zwillingsbruder Apollon. Vielleicht ist Ihr Geburtsort aber auch Syrakus. Also müssen wir auch dorthin. Dann heißt es zurück nach Griechenland, nach Delphi, wo Sie mit Pfeil und Bogen den Riesen Tityos, der Ihre Mutter vergewaltigen wollte, erlegt haben. Von dort geht es nach Kreta, wo…"

„Genug, genug, Sie machen mich mit Ihrer Rundreise ganz schwindelig!"

„Darf ich Sie an eine Ihrer Geschichten erinnern?"

„Was wissen Sie von meinen Geschichten?"

„Sie können sehr grausam sein. Sie haben Niobe getötet, weil sie sich rühmte, mehr Kinder zu haben als Ihre Mutter Leto. Das Schlimmste aber: Sie haben den Jüngling Actaion getötet. Purpurglut, wie Wolken sie eigen, die von der Sonne Widerschein überstrahlt, wie sie eigen der Röte des Morgens, färbte Dianas Gesicht, da sie ohne Gewand sich erschaut sah. Actaion hatte sich auf der Jagd verirrt und war zu der Grotte gelangt, wo Diana nackt badete. ´Jetzt erzähle, du habest mich ohne Gewande gesehen, wenn du noch zu erzählen vermagst`. Sie drohte nicht weiter, sondern verwandelte Actaion in einen Hirsch. So erspähen ihn die eigenen Hunde. Rings umdrängen sie ihn, in den Leib die Schnauzen ihm tauchend, reißen im trügenden Bild des Hirschs ihren Herrn sie in Stücke. Erst als in zahllosen Wunden, so sagt man, geendet sein Leben, war ersättigt der Zorn der köcherbewehrten Diana."

"Das ist ziemlich gruselig."

"Und doch möchte auch ich Sie so sehen: nackt, in Didyma, in Ephesos, auf Delos, in Syrakus und Delphi und auf Kreta. Und jetzt können Sie mich zerfleischen lassen."

"Wann reisen wir?"

"Der frühe Herbst ist eine gute Reisezeit."

Mit dieser Reise begannen unsere glücklichen Jahre. Wann sprechen wir von einer glücklichen Zeit? Wenn es gelungen ist, eine Lücke, eine Leerstelle auszufüllen mit etwas Wünschenswertem? Ich stelle mir vor, wie dieses Wort entstanden sein könnte. Welche Laute geben wir von uns, wenn uns etwas gelungen ist? Das Glück ist schwer in Worte zu fassen, vielleicht nur mit dieser Lautmalerei, einem glucksenden Naturlaut. Letztlich kann ich nur umschreiben, warum ich diese Jahre glücklich nenne. Mir war bis zu dieser Reise rätselhaft, was ich eigentlich wollte, da war eine Lücke, eine Leere, die ich nicht auszufüllen vermochte, ich wußte nichts, das mir hätte wünschenswert erscheinen können. Diana war für mich alles andere als eine Lückenbüßerin. Aber mit ihr lösten sich meine Gedanken um Lücke und Leere in Nichts auf. Wir waren uns in allem einig, ich war nicht mehr allein. Vielleicht bedeutet Glück nicht nachdenken zu müssen, was nicht heißt, gedankenlos zu sein, aber das Denken denkt nicht über das Denken nach. Dianas Grundsatz war, sich selbst nicht so wichtig zu nehmen, und so war sie konsequenterweise auch Agnostikerin, weil sie nicht glauben mochte, daß da ein unsichtbarer Unbekannter wäre, der uns wichtig nähme. Diana konnte die Dinge wahrnehmen, ohne alles sofort auf sich zu beziehen, sie war auf eine besondere Weise objektiv, das heißt, sie nahm wahr und in sich auf, ohne gleich davon profitieren zu wollen, sie beließ den

Menschen und den Dingen ihr Eigenleben, sie vereinnahmte nichts und niemanden; sie selbst, ihr Ego, blieb an der Peripherie, im Zentrum stand immer das Gegenüber, und gerade darin manifestierte sich ihr Selbstbewußtsein, das sich nicht ständig selbst bestätigen oder bestätigen lassen mußte. Es war wohl ihre Selbstgewißheit, die so ansteckend auf mich wirkte, daß Lücke und Leere aus meinem Bewußtsein gestrichen wurden, und daß ich nunmehr gewiß wahr, ganz ich selbst zu sein. Warum sich dauernd selbst befragen, in Frage stellen? Diana haßte das Modewort "hinterfragen", da sie wohl ziemlich genau spürte, daß sich hinter der Schaufassade intellektueller Ernsthaftigkeit doch nur Wichtigtuerei verbarg. Dann wäre eine Vorbedingung von Glück womöglich Oberflächlichkeit? So leicht sollte Glück zu erlangen sein? Haben wir nicht gelernt, daß wir uns Sisyphos als einen glücklichen Menschen vorzustellen haben, jenen Unglücksraben, der glücklos den Stein hinaufwälzt, jenen Sturkopf, der zum Versager verdammt ist? Diana dachte nicht daran, gegen das Unmögliche anzurennen. Ich erkannte in diesem Verhalten ihre Bescheidenheit, sie überforderte sich nicht, und sie erwartete von niemandem mehr, als er zu geben fähig war, und so vermochte sie es, jeden anzuerkennen, was sie für alle liebenswert machte. Nun ließe sich süffisant fragen, ob es nicht Anzeichen einer Berufskrankheit sei, wenn sich die Krankengymnastin Diana so stark aufs Körperliche konzentriere und dabei wenig Verständnis fürs Metaphysische zeige. Ich glaube, daß für sie Glücksempfinden tatsächlich etwas ganz Körperliches war. Jede Mißstimmung überwand sie durch Bewegung, der Körper in Bewegung bedeutete für sie Wohlempfinden. Sie stellte ihre Leiblichkeit nicht in Frage, der Körper und die Körperlichkeit waren etwas Schönes. Sie war ein glücklicher Mensch, weil Leibfeindlichkeit ihr fremd war. Sie konnte ihren Körper genießen, und körperlicher Genuß machte sie glücklich. Sie befreite mich vom Hirnigen, lenkte mich hin zum Erfassen mit buchstäblich jeder Faser, ohne daß wir dabei verblödeten. Sie war im besten Sinn eine Schülerin Epikurs, indem für sie die Gestaltung der praktischen Lebensführung im Mittelpunkt stand, und für sie, die Kinesotherapeutin, hatten nur die physikalischen Bedingungen Bedeutung, über ihr berufliches Interesse hinaus eine Physik, für die feststeht, daß sich die Welten (nicht nur die eine, unsere Welt) in unendlicher Zahl entwickeln, indem sich die Atome, außer denen nichts als der leere Raum existiert, zusammenballen und wieder auflösen. In den Zwischenräumen mögen die Götter selig wohnen, ohne sich um Welt und Menschen weiter zu kümmern. Diese Erkenntnis befreit von der Furcht vorm Tod, und diese Befreiung ist Voraussetzung für menschliche Glückseligkeit.

Diana war eine glückliche Frau. Sie war es, die mir die glücklichen Jahre schenkte.

2

Ich war eine gestandene Frau, kannte keinerlei Beschwerden und konnte so das Gejammere, das allgemeine große Gestöhne wirklich nicht verstehen, ich stand fest und unermüdlich auf meinen Beinen und half allen auf die Beine, die es wirklich schlimm erwischt hatte, es war mein ganzer Stolz, auch schwere Fälle in erstaunlich kurzer Zeit wieder auf die Beine gebracht zu haben, obwohl mir der privatversicherte Dauerpatient sicher mehr eingebracht hätte als jene, die sich dank meiner Hilfe als Stehaufmännchen entpuppten. Aber gerade diese Stehaufmännchen in kürzester Frist förderten mein Renommee, indem sie die Inkarnation dessen darstellten, was eigentlich kaum zu glauben war, kaum für möglich gehalten wurde, eine Art wundersam Wiederauferstandene also, die als enthusiastische Multiplikatoren, als Missionare meiner Praxis gewissermaßen, nun überall herumliefen, die Quelle des Heils zu verkünden, so daß der Patientenstrom beständig anschwoll. Ich war die erfolgreiche Kinesotherapeutin, die erste Adresse der Stadt, und mehr und mehr die Managerin meines "Betriebs" - insofern auch ökonomisch betrachtet eine gute Partie. Aber noch liebte ich die Unabhängigkeit und das Alleinsein nach getaner Arbeit. Ja, ich mußte vordergründig als erfolgsorientiert und vor allem als sehr körperbewußt erscheinen, das brachte der Beruf so mit sich. Aber ich hielt es zugleich mit dem lateinischen Motto, nach dem in einem gesunden Körper auch ein gesunder Geist sein möge. Also war ich auch, was meine Freizeitgestaltung angeht, zielstrebig und konsequent. Ich besuchte die Einführungsvorträge zu den verschiedenen Konzertreihen, ich absolvierte ein Fernstudium der Kunstgeschichte, hörte regelmäßig im Auto die Kassetten ab und schickte dem Veranstalter meine Hausaufgaben. Vor allem aber war ich eine fleißige Theatergängerin und sorgte mit einem Premièrenabo dafür, daß ich stets mit der Elite der Stadt zusammentraf. Ich gestehe, daß dies für mich auch ein gesellschaftliches Muß war. Warum also, wenn sich die Gelegenheit bot, nicht einen der Meinungsführer der Stadt kennenlernen, zumal wenn er so jung und durchaus ansehnlich war? Ich hatte das Programmheft zu dem Stück, nach dessen Aufführung wir beisammen saßen, in der Pause durchgeblättert und war von dem intellektuell aufgeblähten Jargon zugegebermaßen reichlich verwirrt, zumal das Stück selbst mich bis dahin ebenfalls recht ratlos gemacht hatte: Da waren zwei Krüppel, die eine gewissermaßen querschnittsgelähmt, der andere eine Art Paraleptiker, die ich beide mit meinen Mitteln auch nicht auf die Beine bringen würde. "Die Verpflichtung zum Koitus widert die Frau an, aber sie fühlt sich schuldig, weil sie ihr wegen ihrer körperlichen Situation nicht nachkommen kann. Der Sandhaufen, in dem sie steckt, macht sie sexuell unzugänglich...Von der Psyche der in der Ehe automatisch gesteuerten Ehefrau wird erwartet, daß sie das Spiel von Angebot und Nachfrage mitspielt und damit auch auf die allerletzten Konsumstrategien hereinfällt." Nein, ich wußte schon, warum ich selbständig sein und bleiben wollte.

Und dann diese theatralische Überrumpelung, diese undisziplinierte Selbstüberrumpelung, dieser fast frivole Premièrenepilog, der zum Beginn unseres Dialoges, unseres zunächst noch gar nicht so durchsichtigen Miteinanders werden sollte!

Unsere erste gemeinsame Reise! Ich wußte nicht: Wollte er wirklich nur mein Reiseleiter auf einer Bildungsreise sein, oder hatte er es darauf abgesehen, sich als Animateur aufzuspielen, indem er für die nächtlichen Events sorgte, wobei die Frage der Kostümierung bereits geklärt war - nackt sollte es zugehen. Kein Zweifel: Meinem Kritiker war ganz offensichtlich an einem Schauspiel gelegen, in dem er mich als nackte Diana zu sehen wünschte, das hatte er doch ganz unverblümt, ohne jede vorsichtige Umschreibung, in jener Direktheit also, die stets auch seine Kritiken auszeichnete, zum Ausdruck gebracht. Ich war so verblüfft, daß ich meine Scham mit einem Schnellschuß (Diana mit Pfeil und Bogen!) zu überspielen suchte, um ihn seinerseits zu verblüffen. Zu unserer beider Verblüffung hatten wir dann Reiseziele und Termine so spontan vereinbart, daß wir über unsere gegenseitige Überrumpelung in ein prustendes Lachen ausbrachen, womit wir für einen Augenblick die Aufmerksamkeit des ganzen Lokals auf uns zogen. Unsere intime Absprache und die momentane öffentliche Aufmerksamkeit standen in einem grotesken Verhältnis zueinander. Mein Kritiker murmelte ein Zitat aus dem Stück, das wir gerade gesehen hatten: „Herr und Frau Pierer oder Stärer, die braven bürgerlichen Voyeure, glotzen nach uns. *Ausgraben, sagt er - Sie ausgraben womit? sagt sie - Ich würde sie mit meinen bloßen Händen ausgraben,* sagt er. - Ich glaube, wir haben uns soeben gegenseitig ausgegraben, darf ich das so sagen?"

Und ich hatte ganz einfach geantwortet: "Ja, so könnte es sein." Natürlich hatte ich mich selbstkritisch gefragt, ob mich, die gerade vierzig geworden war, mithin von nun an zum Kreis der reifen Frauen zählte, die Torschlußpanik gepackt hatte, daß ich mich auf einen exakt Mittdreißiger einließ, in der Hoffnung, er öffnete mir das Tor, das mir die Flucht vor der Reife zurück in ein neues Grünen ermöglichte. Doch so bin ich eigentlich nicht gestrickt, daß ich mich in solchen Maschen verheddern könnte. Meine Denke meidet verzwickte Muster. Natürlich ist es reizvoll, einen Mann zu ergattern, der fünf Jahre jünger ist, ich habe das auch ganz sportlich gesehen: Kann ich da noch mithalten? Aber ja doch, er ist fast noch ein Junge, ein bißchen unreif, jedenfalls was seine Ansichten betrifft, er steckt voller Widersprüche, ist auf der Suche, weiß nicht so recht wohin, also werde ich ihn vorsichtig lenken müssen und mir ihn ein bißchen ziehen können. Das wird auch nötig sein. Denn was habe ich mir da eingehandelt? Einen Kritiker! Seine Kritiken signierte er reichlich prätentiös mit "Diogenes". Ich fand schon, daß seine Kritiken immer einen Schuß Zynismus enthielten. Und seine Aufrichtigkeit grenzte bisweilen an Schamlosigkeit, das heißt, seine Urteile und Formulierungen waren dann regelrecht unverschämt, was durchaus von einer löblichen Unbefangenheit kündete, für die Betroffenen aber mehr als nur ein Ärgernis war. Michael (was hebräisch "Wer ist wie Gott?" bedeutet), dies der bürgerliche Vorname des Kynikers Diogenes, spielte sich manchmal wirklich wie ein kleiner Gott auf (dies wohl die Berufskrankheit so mancher Kritiker), vor allem wenn er in der Kultursendung des Regionalfernsehens auftrat, wo er allein schon körpersprachlich gewisse Allmachtsphantasien auslebte, seine Sitzhaltung und seine Gestik waren jedenfalls ungebührlich raumgreifend, und seine Sprechweise immer ein bißchen zu laut . Hätte er privat sich so gegeben, wäre aus unserer gemeinsamen Reise ganz sicher nichts geworden, oder ich hätte ihm ein solch dominantes Gehabe sehr schnell abgewöhnt. In Wahrheit aber war er, wenn er sich nicht schriftlich oder mündlich an eine Öffentlichkeit richtete, wenn er also kein Publikum hatte, auch dann ein durchaus temperamentvoller und engagierter, aber keineswegs rücksichtsloser Gesprächspartner. Irgendein Zwiespalt mußte in ihm stekken, der ihn so janusköpfig erscheinen ließ.

Natürlich war mir nicht nur daran gelegen, mit einem guten Unterhalter ein Verhältnis zu beginnen, von seiner Jugend erwartete ich schon ein bißchen mehr als rhetorischen Witz und Einfallsreichtum. Ich hoffte, daß er auch mit einem anderen Reichtum bei mir einfallen würde, was mir seine jugendliche Männlichkeit durchaus zu versprechen schien - trotz seines etwas extravaganten und dabei düsteren Aussehens: er trug die pechschwarzen Haare scheitellos streng zurückgekämmt und am Ende mit einem schwarzen Band zu einem Schwänzchen zusammengebunden. Seinen schwarzen Vollbart hatte er so kurz geschnitten, daß man schwankte, ob dies nun ungepflegt oder interessant aussehe. Das Gesamtbild besaß jedenfalls Originalität und war nicht ohne Reiz. Seine Berufskleidung (ich vermute, daß er sie als solche verstand, denn vor allem die Funk- und Fernsehredakteure schienen diese Uniform zu schätzen) bestand obligatorisch (das heißt bei jeder Gelegenheit) aus einer engen schwarzen Samtcordhose, die seine Beine und seinen Hintern unnötig spärlich erscheinen ließen, einem offen getragenen schwarzen Hemd, darüber ein möglichst formloses schwarzes Wolljackett. Ich hoffte, daß dieses Outfit nicht unbedingt seiner Weltsicht entsprach, einer Art Schwarzseherei, die meinem eher optimistischen Naturell dann doch zu sehr widersprochen hätte, aber dazu wußte ich noch viel zu wenig über ihn.

Egal, ich hatte mich schon viel zu lange nur auf meine beruflichen Ambitionen konzentriert, ja, ihnen geradezu gefrönt; ich spürte, daß mir die Arbeit zur Fron zu werden begann, und in mir regte sich die Lust, wieder einmal einem Herren zu dienen, wobei solcher Frondienst ja zugleich Dienst für die Frau ist, darauf war ich schon bedacht, ohne daß mich dazu irgendein feministisches Gefasel hätte ermahnen müssen. Ich hoffte, der Kritiker würde seine Rolle als jugendlicher Liebhaber ohne alle Düsternis, ohne existenzphilosophisches Gehabe spielen, sondern mit aller Lust an der fleischlichen Seite unserer Existenz.

Wollte er eigentlich schon immer Kritiker werden, oder hätte er lieber selbst eine kreative Rolle gespielt? Resultierte sein Zynismus aus einer narzißtischen Kränkung? Ich habe viele Patienten, die an ihren Freunden herumkritisieren, weil diesen noch so vieles möglich ist, das ihnen selbst, den vom Schlaganfall Gelähmten, verwehrt ist. An allem und jedem müssen sie mißgünstig herumkritteln, sich in einem Anfall von Dünkelhaftigkeit über jene erheben, denen etwas vergönnt ist, was ihnen fortan versagt bleibt. Die Umtriebigkeit und Unternehmungslust ihrer Freunde, an der sie einst partizipierten, denunzieren sie jetzt als billigen Aktivismus, dem es an Substanz und Niveau fehle. Da hocken sie auf ihren Rollstühlen, humpeln an ihren Krücken, schieben ihre Gehhilfen vor sich her und schauen dabei herausfordernd und triumphierend und auch verächtlich im Kreis: Da seht her, ihr mit den so ekelhaft gesunden Leibern, wir sind die geistigen Stützen der Gesellschaft! Hatte Michaels Rigorosität als Kritiker vielleicht einen ähnlich jämmerlichen Hintergrund? Meine direkte Frage: „Hast du nie daran gedacht, selbst Schauspieler zu werden?"

"Bin ich ein so schlechter Kritiker?"

"Ich habe mit meiner Frage keinerlei Hintergedanken, ich möchte ganz einfach nur wissen, ob du schon immer Kritiker werden wolltest."

Er verzog die Mundwinkel zu einem asymmetrischen Lächeln, und ich dachte, aha, sein Zwiespalt, jetzt kommt er gleich zum Vorschein.

"Ich habe schon als Schüler, als Sekundaner, um genau zu sein, Kritiken geschrieben, nicht für die Schülerzeitung, wie du vielleicht denkst, nein, für eine richtige Tageszeitung, und meine Kritiken erschienen nicht unter den gemischten Nachrichten über die Region, sondern im Feuilleton ."

"Und nie daran gedacht, es einmal besser machen zu wollen? Denn ich stelle mir vor, das Kritisieren ist für einen jungen Menschen doch nur eine Art Vorschule. Wie ist etwas gemacht, warum ist es so gemacht, inwiefern ist es gelungen oder mißlungen? Aber wozu solche Studien? Doch sicher, um schließlich auszuprobieren, was man selbst zustande bringt. Bei der Kritik stehen zu bleiben - heißt das nicht, nicht erwachsen und nicht selbständig zu werden? Fortdauernde pubertäre Präpotenz?"

"Ich dachte, du bist eine Art Physiologin und keine Psychologin. Das war doch nun wirklich schlimmste Vulgärpsychologie, wo hast du denn dieses verquollene Klischee aufgeschnappt?"

Er war richtig wütend, ja, er kochte regelrecht vor Wut. Und so hob er unbedacht den Deckel und ließ die Worte regelrecht überlaufen:

"Ja, es ist wahr, ich habe mich einmal um die Aufnahme in die Schauspielschule beworben, und ich weiß noch, wie ich innerlich so brannte, von mir selbst begeistert, daß die Prüfungskommission mir in ihrem ablehnenden Bescheid riet, ich solle aufpassen, mir an meinem glühenden Dilettantismus nicht die Finger zu verbrennen, von der Schauspielerei also lieber die Finger lassen, ganz sicher wäre es besser für mich, auf einem anderen Feuer mein Selbstverwirklichungs- und Lebenshilfesüppchen zu kochen. Besser jetzt diese zweifellos harte Kritik als spätere Verrisse. Jetzt weißt du es."

"Du hast es also vorgezogen, selber Verrisse zu schreiben? Liebst du eigentlich das Theater? Manchmal denke ich, mit deinen niemand schonenden Zynismen beißt du dir selbst ins Bein."

"Nein, ich bin von Natur aus kein Kyniker, also kein Hund, das Theater ist auf den Hund gekommen, deswegen bin ich so bissig. Und lieben? Ich liebe dich."

Ja, er liebte mich. Merkwürdigerweise fand er, der sonst so gut zu analysieren und zu formulieren verstand, keine Worte der Erklärung seiner Liebe. Er, der sonst so genau und treffend zu beschreiben wußte, warum er eine Schauspielerin gut fand, versagte vollständig, wenn ich von ihm hören wollte, was denn an mir so Besonderes sei. Ich war deswegen zunächst verunsichert und fühlte mich von seiner Sprachlosigkeit sogar gekränkt. Aber dann empfand ich es mehr und mehr als Glück, von ihm nicht beurteilt zu werden, von ihm ohne Einschränkung, bedingungslos geliebt zu werden. Ich spürte, daß er, der berufsmäßige Kritiker, zu mir keinerlei kritische Distanz hatte. Nie zuvor fühlte ich mich so akzeptiert und anerkannt. Und sein ganzes Verhalten mir gegenüber war eine einzige Lobeshymne. Michael war kein Cherub mit flammendem Schwert, kein unerbittlicher Wächter vor den Toren des Paradieses, nein, für mich war er der liebenswerteste Engel, der mich ins Paradies einließ für viele glückliche Jahre.

3

Diana liebte es, "geschürzt in der Weise der Diana" herum-
zulaufen, was in eine moderne Version übersetzt heißt: Sie
trug kurze Röcke und vom ersten Frühlingstag bis in den
späten Herbst weder feine Strümpfe noch wollene Socken;
sie konnte es sich leisten, keinen Büstenhalter zu tragen,
denn auch so strafften sich ihre sportlichen Blusen um ihre
festen Brüste. Diana wollte um alles in der bürgerlichen
Welt nicht als Dame erscheinen. Und doch galt sie als besonders elegant, auch ohne auffälligen Schmuck und
sorgfältiges Makeup. Ja, sie war bezüglich der Pflege ihrer
äußeren Erscheinung eher sorglos, dabei keineswegs
nachlässig. Sie hatte es einfach nicht nötig, viel Aufhebens
um ihr Outfit zu machen, wie sie ja um ihre Person gene-
rell kein Aufhebens machte. Sie liebte die Menschen und
die Geselligkeit, sie liebte es zu feiern, sie war keineswegs
eine einsam umherschweifende Diana in menschenleerer
Natur. Aber selbst in die festlichste Umgebung brachte sie
ein Stück Natürlichkeit ein, ohne dabei auch nur im min-
desten als Außenseiterin oder gar ideologisch angehauchte
Spielverderberin zu erscheinen. Und im absoluten Gegensatz zu ihrer göttlichen Namenspatronin schätzte sie es
ganz und gar nicht, Geselligkeit im Kreis von Jungfern
oder ausschließlich im Kreis von Weibern (so nannte sie
selbst ihre Geschlechtsgenossinnen, wenn sie sich zu
Kränzchen flochten) zu suchen. Sie war keine männer-
scheue Diana, aber sie wehrte sich gegen jedes männliche
Gehabe mit verbalen Pfeilen, die kurz, scharf und treffend
waren - und dies, ohne jemals den Bogen zu überspannen.

So hielt sie sich die allzu Zudringlichen erfolgreich vom Leib, ohne sie eigentlich zu verletzen, nein, ich bin überzeugt, nie hat sie jemandem wirklich Wunden zugefügt, und so blieben ihr alle zugeneigt, ja, sie genoß die Verehrung von Männern und Frauen. Und niemals hätte sie beleidigt einen Calydonischen Eber gegen jemanden gehetzt, weil er sie nicht beachtet, eine eifersüchtig erwartete Ehrung unterlassen, ihrem Altar keinen Weihrauch gespendet hätte; sie war nicht auf Komplimente aus, auch wem sie gleichgültig war, begegnete sie mit Liebenswürdigkeit, oder sie selbst war es, die um seine Zuneigung warb, nicht um letztlich doch von ihm anerkannt zu werden, sondern aus ihrer Überzeugung, daß in jedem Menschen ein interessanter Kern steckt, den es nur herauszuschälen galt. Dieser Kredit, den sie jedermann gewährte, trug ihr reichlich Zinsen, denn zuletzt hatte sie immer noch jeden für sich gewonnen. Diana liebte die Menschen.

Und gleich jener naturverbundenen Göttin liebte sie es, in der Natur aufzugehen, sich den Elementen hinzugeben und ihnen anzuverwandeln. Wir besuchten auf unserer ersten gemeinsamen Reise (jenem Aufbruch in unsere glücklichen Jahre) ganz so, wie ich es vorgeschlagen hatte, auch die Insel Sizilien, die einst die zornerfüllte Göttin von jenem gräßlich wütenden Eber hatte verwüsten lassen. Wir ließen uns durch die bizarre Kraterlandschaft hinauf fahren zum Hauptkrater des Ätna. Ich gehorchte dem kundigen Führer, der von Unglücken berichtete, die sich jüngst ereignet hatten, und blieb im geforderten Abstand vom Kraterrand. Diana aber mißachtete das Verbot, stellte sich einfach taub, erklomm den letzten Hang aus Asche und Lavabrocken und tauchte schließlich ein in das schweflige Gedünst. Alle schienen entsetzt, mir aber schien, diesmal habe Diana den Bogen wirklich überspannt, ich war ganz einfach sauer, bewunderte sie heimlich zugleich und rührte mich nicht von der Stelle. Sie trug einen hellen Rock, dessen Saum ganz leicht zu flattern begonnen hatte, und eine beige Bluse; so verschwand sie in den bedrohlichen Dämpfen. Es war, als habe sie sich in einen anderen Aggregatzustand verwandelt, um durch diese Metamorphose nicht mehr greifbar zu sein. Anstatt mich zu sorgen, fühlte ich mich von ihrem Verhalten nur düpiert: Vor aller Leute Augen entzieht sie sich mir, rücksichtslos auch sich selbst gegenüber. Wir hatten bis dahin tatsächlich noch nicht miteinander geschlafen. Jetzt zeigt Diana ihr wahres Gesicht: Sie ist von ihrer Keuschheit besessen. Mag sie, die angeblich den Frauen den Tod bringt, nun sich selber umbringen! Aber da taucht sie auf mit ausgebreiteten Armen, als zerteile sie die Wand aus Rauch wie einen Gazevorhang, um wieder ins Leben einzutreten, sie strahlt und lacht über das ganze verschwitzte Gesicht, vergnügte Schwester des Vulcanus, dessen Hinken sie zudem nachzuahmen scheint (sie hatte sich bei ihrer waghalsigen Kurzexpedition tatsächlich einen Fuß verstaucht). Diese Komödie, die auch hätte tragisch enden können, hatte mich kein bißchen amüsiert, aber ich teilte mit der ganzen Reisegruppe die allgemeine Erleichterung, die natürlich auch von mehr als nur schnippischen Bemerkungen begleitet war. Aber Diana überhörte die Vorwürfe und schwärmte nur: "Toll, ich habe dem Ungeheuer direkt in sein glühendes Maul geschaut!"

Wirklich amüsant war dann das Schauspiel, das sie mir auf der Nachbarinsel Vulcano bot. Sie tummelte sich im seichten Gewässer, das leicht dampfend einen schlammigen Boden bedeckt; sie nahm gewissermaßen ein Schlammbad und bestrich genüßlich Bauch und nackte Brüste mit der vulcanischen Paste. Ich ermunterte sie, fortzufahren und auch die anderen Körperpartien so einzubalsamieren. Sie bestrich mit offenkundigem Wohlbehagen die Arme, den Hals und verwandelte zuletzt ihr Gesicht in eine Maske aus Schlamm. Wiederum hatte ich das unangenehme Gefühl, Zeuge einer nicht ganz geheuren Metamorphose zu sein. Ich fühlte mich als ein unglücklicher Pygmalion, der mit seinem törichten Wunsch, in fataler Umkehrung der sagenhaften Metamorphose, ein Wesen aus Fleisch und Blut in eine Statue verwandelt hat. Abermals fühlte ich mich von Diana düpiert, obwohl ich diesmal doch selbst der Anstifter zu ihrem übermütigen Tun war.

"Bitte, wasch' dir das schnell wieder ab, du siehst aus wie dein eigenes Gipsmodell!"

"Du bist halt kein Naturbursche, du ekelst dich ja richtig vor mir." Sprach's und stürmte aus dem Wasser, um mich stürmisch zu umarmen. Wir müssen, auf dem Strand ausgestreckt und ineinander verschlungen, ausgesehen haben, wie ein Pompejanisches Liebespaar, dessen Liebestod die Vulkanasche konserviert hatte. Diesmal gab es keine Zeugen. Wir liebten uns, dem Ort gemäß, mit solchem Feuer, das so nur ein Vulcanus zu schüren vermochte .

Aber auch im gegensätzlichen Element, dem Wasser, war Diana in ihrem Element (Nymphen waren der Göttin ja die liebsten Gefährtinnen, und Arethusa verwandelte sie gar in eine heilige Quelle). Diana also quicklebendig im Toten Meer, wohin uns eine spätere Reise führte. Man kennt die verblüffenden und oftmals auch witzigen Bilder, auf denen aus der schweren Lauge eine Zeitung und gleichsam schwerelos ein Paar Fußspitzen ragen. Diana aber wurde zur Meerjungfer, die mit dem Element spielte und es mit ihren Spielen entzückte. Ihr Erfindungsreichtum, mit dem sie ihren Körper in die anmutigsten Figuren verwandelte, schien grenzenlos. Sie war reglos daliegende Ophelia, deren Bahre das Wasser war, sie lag da als empfangsbereite Odaliske, die Arme zur Umarmung erhoben, die Beine leicht angewinkelt und einladend geöffnet, als würden sie gleich einen Leib umschlingen. Dann lag sie reglos auf dem Bauch, ein fremdes, leicht schwankendes Eiland, das man zu erkunden wünschte, ach, würden es die Wellen jetzt gleich zu mir ans Ufer spülen! Aber schon hatte sie sich wieder umgedreht und spielte mir den sterbenden Schwan. In meinem Kritikerkopf tönte es: Des Meeres und der Liebe Wellen. Ja, Diana bot eine Art Naturschauspiel, so wie sie die Natur spielerisch erkundete, manchmal waghalsig, meist aber kindlich-naiv, nie prätentiös. Die Natur gefiel ihr, und sie gefiel sich in der Natur als Teil der Natur. Diana kannte nicht die Trennung: Mensch und Natur. Und so war sie auch kein zwiespältiges Wesen, das Geist und Leib als Zwiespalt empfunden hätte. Sie war mit sich eins.

4

Ich lebte mit Michael mittlerweile zwei Jahre zusammen. Wir waren sogenannte Lebensabschnittspartner, wobei mit diesem Begriff offen bleibt, wann (und ob überhaupt) der Schnitt erfolgen und welchen Zeitraum der gemeinsame Lebensabschnitt letztlich umfassen würde. Ich spürte durchaus das Feindselige, das Lebensfeindliche, das diesem Begriff anhaftet, denn die jederzeit mögliche vollständige Abtrennung, die Zerlegung der Einheit in zwei Teile würde ja bedeuten, daß da zuvor etwas abgestorben wäre, zwar bei lebendigem Leib, aber in den Leibern würde etwas tot sein, und das bliebe selbst dann so, wenn dies der Keim für eine neue Liebe wäre. Nein, ich mochte diesen neumodischen Terminus nicht - einerseits, andererseits war mir das damit beschriebene Verhältnis durchaus sympathisch, denn ich glaubte nicht an die romantische Liebe. Ich würde mich jederzeit zur Operation der Trennung entschließen, wenn ich wüßte, das die Abtrennung des anderen Teils für meinen Teil die Rettung bedeutete. Ich würde dies nicht als Zeichen meiner Emanzipation deuten, nicht als Zeichen der Befreiung von altmodischen Zwängen. Ich hatte mit solch ideologischem Kram nie etwas im Sinn. Ich fühlte mich als Single-Frau nie isoliert, ich lebte schließlich nicht in Isolationshaft, und nie hatte ich das Gefühl, mir hafte bei meiner Lebensweise etwas Unweibliches an, oder die Umwelt klebte mir das Emanzenetikett an. Was mir gefiel, war, daß ich für mich selbst, meine eigene Lebensplanung allein haftete, zum Erfolg mußte ich mich nicht an die Fersen eines Mannes heften, ich bevorzugte es, meinen Weg selbständig zu gehen. Um so mehr ärgerte ich mich, daß ich als Vierzigjährige plötzlich das Bedürfnis nach einer Art Heftpflaster hatte, meine vergehende Attraktivität zu überkleben. Michaels Jugend empfand ich da quasi als Schönheitspflästerchen, ein Fremdkörper zwar, aber einer, der mich schmückte. Und es funktionierte! "Mein Gott, du wirst dir doch kein solch junges Bürschchen in dein Haus holen, Diana! - Der coole Kritiker sucht doch nur ein warmes Nest, obwohl er natürlich längst schon flügge ist. - Paß auf, der fliegt ein und aus und schneller als du denkst wieder auf und davon!" Ich spürte den Neid, vielleicht war es auch wirklich wohlmeinend gesagt, aber für mein Wohl gehörte endlich ein Mann ins Haus. Und ich dachte, warum soll ich mir einen Mann ins Haus holen, der genau so alt ist wie die Männer meiner Freundinnen, wenn ich einen haben kann, der zehn oder gar fünfzehn Jahre jünger ist wie diese Herren, von deren Anfälligkeiten ich durch meine Praxis nur zur Genüge Kenntnis besaß. War ich deshalb egoistisch? Zwar konnte ich nicht mit Geschenken aufwarten wie die göttliche Diana, schenkte also Michael weder einen im Lauf unbesiegbaren Jagdhund noch einen Wunderspeer, aber ich schenkte ihm Geborgenheit und Selbstvertrauen, was ihn auf seiner Spurensuche nach dem richtigen Urteil noch unbeirrbarer und weniger verwundbar machte. Denn auch Kritiker sind Anfeindungen ausgesetzt, und ein verhaßter Kritiker wird in der Provinz, zumal wenn seine Zeitung dort eine Monopolstellung inne hat, sehr schnell von seinem Hochsitz herunter und ins Aus gestoßen. Und Michaels Rigorosität machte ihn innerhalb seiner Redaktion eh schon zum Außenseiter. Nein, ich hatte keine Angst, er könne sich recht kurzfristig als Nestflüchter erweisen. Was mich in meinem Vertrauen auf einen langen

Lebensabschnitt mit Michael bestärkte, war seine für mich gänzlich unerwartete Bitte, wir könnten, da wir jetzt schon zwei Jahre glücklich miteinander lebten, doch eigentlich auch heiraten. In meiner Verblüffung platzte ich heraus: "Michael, du bist doch kein Spießer!"

"Vor zehn Jahren, in den glorreichen Siebziegern, wo alles Normale gleich als kleinbürgerlich und spießig galt, hätte mich dein Vorwurf vielleicht getroffen. Ist heiraten vielleicht unnormal? Sind heute nicht gerade solche Absetzmanöver ins Ungewöhnliche spießig?"

"Wovor hast du Angst?"

" Wäre es nicht ein Zeichen von Angst, wenn ich dich nie und nimmer heiraten wollte? Mein Gott, auf was ließe ich mich da ein, wo ich doch eines Tages eine zehn Jahre jüngere Frau begehren und haben könnte?"

"Siehst du, dann möchte ich dir nicht im Weg stehen."

"Jetzt gibst du die Großherzige, gerade hast du noch den Kleinbürger in mir gescholten ."

"Michael, sind wir denn nicht glücklich, so wie wir leben? Wozu eine formale Änderung des Verhältnisses?"

"Form und Inhalt, meine Liebe, hängen eng miteinander zusammen, laß dir das von einem Kritiker gesagt sein!"

"Also schön, was würde sich inhaltlich ändern?"

"Da reicht zur Antwort ein Blick ins bürgerliche Gesetzbuch."

"Aha, du willst Sicherheiten, rechtlich verankert."

"Wäre das so töricht? Aber ich gebe zu, das wäre ein ausschließlich rationaler Grund, dem auch auf andere Weise Rechnung zu tragen wäre. Du unterschätzt im Augenblick meine emotionalen Beweggründe."

"Dann nenne sie mir."

"Ich gebe zu, sie sind diffus."

"Dann versuche, sie zu ordnen."

"Dann sind wir wieder bei der Ratio ."

"Aber wie kannst du deine Gefühle richtig einschätzen, was Voraussetzung wäre, mir vorzuwerfen, ich unterschätze sie, wenn sie für dich selbst doch nur diffus sind und bleiben?"

Ich weiß, ich war nicht fair, ich beförderte da ein dialektisches Geplänkel, um Argumenten, die mich in die Enge treiben und von mir eine klare Stellungnahme fordern könnten, keine Chance zu geben. Michael saß in sich zusammengesunken, es hatte ihm die Körpersprache verschlagen, keine Mimik, keine Gestik, er saß vor mir als ein Nobody. Er tat mir leid.

"Michael, ich verspreche dir, du wirst immer bei mir dein Zuhause haben, ich werde dir nie untreu werden, du wirst sehen, wir werden noch als Philemon und Baucis unser Leben gemeinsam beschließen. Das ist es doch, woran du denkst und was dich so bewegt. Du wirst sehen, wir werden weiterhin so glücklich bleiben wie bisher - auch ohne Trauschein. Oder traust du mir etwa nicht? Wer müßte denn mehr Angst haben, du oder ich? Ich vertraue dir."

"Ich werde das Thema nie wieder zur Sprache bringen, das verspreche ich dir. Du hast recht, denn der Trauschein kann auch trügen, wir aber genießen ohne ihn ein Glück, das kein trügerisches ist. Es ist gut so, wie es ist."

Ich war mir sicher, daß dies im Augenblick zum Teil Rhetorik war, aber ich vertraute darauf, daß er mehr und mehr von seiner Rhetorik überzeugt sein würde, und daß die angedachte Alternative in seinem Denken irgendwann keinen Platz mehr haben würde. Kein Ende der glücklichen Jahre, wozu es keines Neubeginns bedurfte. Ja, wir waren auch so weiterhin ein glückliches, beneidenswertes Paar.

5

Tauch- und Unterdruckmedizin, Sauerstofftherapie, Schlafmedizin - die fein säuberlich gerahmten Angebote zieren seit den verschiedenen Gesundheitsreformen jede Wartezimmerwand, meist direkt neben der Garderobe. Kaum glaublich, was selbst ein Urologe und Orthopäde über sein eigentliches Fachgebiet hinaus mittlerweile in seinem Warenkorb feil hält - alles höchst erfolgreiche Therapien, in deren Genuß der Patient leider, leider nur auf eigene Rechnung, ohne Hoffnung auf den geringsten Zuschuß seiner Krankenkasse, gelangen kann. Markt und Marketing, das sind mindestens so wichtige Seminarthemen, wie die der medizinischen Weiterbildung. Es wird in fremden Revieren gejagt und gewildert, bisweilen mit höchst fraglichem Waffenschein, ausgestellt von der Pharmaindustrie, die ihrer, ach, so gebeutelten Klientel zu frischer Beute verhelfen will, was möglicherweise in Richtung dreister Ausbeutung gehen mag. Diana, meine Jägerin, machte da leider keine Ausnahme, auch sie dachte ans Ausnehmen, als neue Bestimmungen ihr etwas von ihrem Besitzstand wegzunehmen drohten. Die offenkundigen Verluste mußten kompensiert werden, wenn das Wohlergehen der Praxis weiterhin gesichert sein sollte. Und so war sie ganz schnell beim Begriff "Wellness" angekommen. Also begnügte sie sich nicht länger damit, die körperliche Balance ihrer behinderten Klientel mittels krankengymnastischer Übungen wieder herzustellen, sondern versprach ein "Life in balance", wozu sie Entspannungssysteme zur Erschaffung einer eigenen Wellnessoase anbot. Und wer wünscht sich nicht mehr Lebensenergie und Vitalität, wer hofft nicht auf Streßabbau und Streßresistenz, wer erhofft nicht Kreativitäts- und Intelligenzsteigerung, größere geistige Klarheit und Beweglichkeit? Kann man alles haben - quasi automatisch bei entsprechendem Münzeinwurf. Natürlich kritisierte ich den modischen Jargon und vor allem die zweifelhaften Praktiken. Ich sah in Dianas Inszenierung einer Wellnessoase ein ziemlich übles Schmierentheater, beginnend bei der kitschigen Dekoration über die schnulzenhafte Musikuntermalung, das unsägliche Gesülze einlullender Phrasen bis zu den beifallsheischenden Sprüchen: "Haben Sie gefühlt, wie die 'Hardware' Ihres Bewußtseins, Ihr Gehirn, wohltuend und ganz natürlich stimuliert wurde? War die Anwendung nicht geradezu ein Vitaminbonbon für Ihr Gehirn? Schwerelosigkeit auf den sanften Wellen des Ozeans erleben, abheben und mit den Vögeln fliegen und sich in den Unendlichkeiten des Himmels verlieren, mit sanft herabfallenden Tropfen eintauchen in innere Welten - war das nicht wunderbar? Jetzt haben Sie den interessantesten Menschen der Welt kennen gelernt - sich selbst!" Diana quatschte den Quatsch nur daher, während sie den Betrag für die Sitzung einstrich. Sie selbst blieb bei ihren handfesten Übungen, mit denen sie sich fit hielt. Aber dennoch sorgte ich mich, sie könne allmählich, für sie selbst unmerklich, den simplen Glücksverheißungen verfallen und selbst daran glauben, ihr Wellnessprogramm garantiere *"prompte Besserung"*, so wie es auf der Arzneiflasche versprochen wird, die jene Frau in ihrer Handtasche aufbewahrt, die bis zum Hals in einem Sandhaufen steckt und trotzdem jeden Tag mit einem fröhlichen Zwitschern beschließt: *"Wieder ein glücklicher Tag!"* Ich war einfach zu sehr Kritiker, als daß ich für jedes Possenspiel, das auf dem globalen Marktplatz feilgeboten wurde, gleich eine Eintrittskarte ergattert hätte, nur um dabei zu sein und ja nichts zu verpassen. Für mich blieben die Dramen wahrhaftiger, gerade weil sie keinen Ausweg aufzeigten, keinen Trost verhießen. Andererseits wollte ich kein Spielverderber sein, mir keine misanthropischen Anwandlungen gestatten. Also beschloß ich, Dianas Treiben als eine Komödie zu betrachten, bei der ich mich zwar unter meinem Niveau amüsierte, aber dieser Schwank sollte unsere Beziehung nicht ins Schwanken bringen! Also kein Verriß, sondern einfach Stillschweigen. Man muß Privat- und Berufsleben auseinander halten. Und doch, und doch... In mir nagte ein Zweifel, ob Dianas intellektuelle Ambitionen (ihr Theater- Musik- und Literaturinteresse) nicht doch nur Zugabe waren, um ihrer eigentlichen Gabe, ihren körperlichen Vorzügen gewissermaßen die höheren Weihen zu geben. Und mich beschlich eine Furcht: Was würde geschehen, wenn Diana alt und krank würde, was bliebe dann von ihr noch übrig? Fort mit den Grillen! Diana ist ein Glückskind, ich bin der Schwache, sie ist die Beschützerin der Schwachen, sie ist die Tochter einer Titanin, ihr wird nie ein Leid geschehen, und wenn doch, so wird sie auch dann noch stark sein! Sie ist die Stütze unserer glücklichen Jahre!

6

Wäre es nicht so beschissen, man könnte darüber lachen, aber es ist ein schlechter Witz: Ich war gerade dabei, eine speckumgürtete Patientin, die wegen eines Bandscheibenvorfalls operiert worden war, zu mobilisieren. Eine Schinderei, solche Vielfraße nagen an unseren Kräften. Ich beugte mich zu ihr vor, griff ihr mit beiden Händen unter die schweißnassen Achseln, zählte gemeinsam mit ihr bis Drei und hob sie in den Stand, und während sie so zu einer einigermaßen lotgerechten Haltung fand, verharrte ich in der gebückten Stellung. Ich konnte mich nicht mehr rühren, sackte einfach in mich zusammen und lag seitlich zu Füßen des schnaufenden Fettkloßes, der mich von oben herab fragte: "Nanu, wer von uns beiden ist hier eigentlich der Patient?" Aber völlig in Rage geriet ich über ihr dämliches Wortspielchen, ich sei jetzt, nach so vielen Berufsjahren, und da ich ja wohl bald in Rente ginge, so eine Art Rückenbüßerin. Ich schrie sie an, was für eine dumme fette Kuh sie sei, und schrie dann weiter die Namen meiner Mitarbeiterinnen. Sie packten mich an Armen und Beinen und wollten mich auf eine der Matten tragen. „Seid ihr wahnsinnig, was habt ihr denn gelernt, loslassen, ruft den Notarzt!" Ich spürte schon, wie meine Beine taub wurden. Und ich hatte das Gefühl, auch mein Verstand ertaube langsam aber sicher, daß mir Hören und Sehen verginge, jedenfalls nahm ich die mir über Jahre so vertraut gewordene Umgebung als eine zunehmend absurde Landschaft wahr, in der riesige knallbunte Plastikbälle herum hopsten, breite Himmelsleitern senkrecht an den Wänden emporkletterten, um sich an der Decke zu stoßen, und Hängematten, aus breiten Gurten geflochten, wie Lianengeschlinge herunter baumelten. Es gelang mir nicht, dem ganzen fremden Zeugs irgendeinen Sinn zu geben; ich wähnte mich in einer phantastischen Requisitenkammer, wußte den Krimskrams aber keinem Stück zuzuordnen. Ich fühlte mich versetzt in eine bizarre Szenerie, in der ich herumlag als ein völlig überflüssiges Requisit. Nur weg von hier, ab in die Orthopädie! Natürlich: Am Ende wird man mich auslachen, weil ich wegen einer harmlosen Ischiasreizung ein solches Gedöns mache. Aber ich glaubte an keine harmlose Verrenkung, dafür waren die Alarmzeichen zu bedrohlich, da mußte Schlimmeres vorgefallen sein, ein Bandscheibenvorfall, der mich quasi in zwei Hälften teilte, eine obere mit quälendem Schmerz und eine untere mit dumpfem Taubheitsgefühl. Und das mußte gerade jetzt passieren, wo zwei der Mitarbeiterinnen mir ihre Schwangerschaft annonciert hatten! Ein beschissenes Timing, und das mir, der ehrgeizigen Unternehmerin (wißbegierig wie in meinen jungen Jahren und immer noch allem Neuen gegenüber aufgeschlossen), die gerade zur Optimierung der Arbeitseinteilung ein Time-management-Seminar absolviert hatte! Ich war wütend auf mich, und höhnisch tönte in mir mein Lieblingskommando: Bewegung, Bewegung, dann wird's schon wieder! Jeder Arzt und Therapeut sollte selbst einmal in die Falle geraten, aus der er seine Patienten großspurig herauszuholen verspricht! Wie geht's uns denn heute? Na, dann schauen wir mal! Jetzt umstanden mich meine examinierten Helferinnen und glotzten mich nur dämlich an. Gibt es etwas Lächerlicheres als eine Chefin, die völlig hilflos sich selbst nicht zu helfen weiß, eine Therapeutin, die im eigenen Fach am Ende ihres Lateins ist? Ich bin ruiniert, eine Rui-

ne, aus der es kein Auferstehen mehr gibt! Ich bin platt-
gemacht. Die lieben Kollegen werden es zu schätzen wissen. Ich kann den Laden dicht machen und von meiner
Berufsunfähigkeitsrente dahinvegetieren! Und Michael? Er
wird sich in die Kulissen verdrücken und noch Szenen-
applaus dafür bekommen! Hätte er längst schon tun sollen, möglichst noch vor meinem Sechzigsten! Hatten ihm
die lieben Freunde das nicht hinter meinem Rücken zuge-
raunt? Jetzt hatte er den Schlamassel, ja, es war schon
schlimm, vorbei war's mit dem Masol, mit dem Glück, mit
den glücklichen Jahren! Diana, reiß dich zusammen! Wo
ist deine Disziplin? Du wirst doch nicht gleich in Panik
geraten, weil du einmal im Leben am Boden liegst! Du bist
immer noch eine gertenschlanke Diana, die den Bogen zu
spannen weiß und treffsicher die Pfeile schnellen läßt.
Alles ist dir bisher gelungen, welches Ziel du auch anvi-
siert hast, so schnell wird man nicht ausgezählt, hoch mit
dir auf deine Beine, es wird weitergehen, es muß weitergehen! Und Michael wird weiter mit dir gehen, er wird
sich doch jetzt nicht verdrücken. Los, den Körper gespannt
und hoch mit dir! Ich hatte gar nicht bemerkt, daß mein
Personal mittlerweile Decken zusammengerollt und mir
vor den Bauch und in den Rücken gedrückt hatte. Ich
kauerte da in Seitlage wie ein Wickelpüppchen. Wirst du
wohl brav still liegen! Ich sah ihnen an, wie sie bereit
standen, das Kommando zu übernehmen. So schnell geht
das also. Die Chefin ist zu Boden gegangen, ausgezählt.
Aber ich bin noch lange nicht am Ende! Wo bleibt der
Arzt? Michael soll kommen!

Endlich kamen der Arzt und die Sanitäter. Sie schnürten
mich und die zusammengerollten Decken mit Gurten zu
einem Paket und hievten es auf die Trage. Ab die Post, zur

chirurgischen Ambulanz! Computertomographie, Kernspintomographie. Ich hatte viel Zeit, einfach nur apathisch dazuliegen und quasi in die Röhre zu gucken. Keine Panik mehr, keine hysterische Anwandlung, ich guckte in die Röhre, und bekam es sogar fertig, mich über das dampfzeitalterliche Geknattere des hochmodernen Geräts zu amüsieren. Der Befund jedoch war gar nicht lustig, sondern löste in meinem Oberstübchen erneut eine kaum mehr beherrschbare Nervosität aus, und dies, weil offensichtlich die nervöse Versorgung meines Unterleibs und der Beine durch das gequetschte Rückenmark unterbrochen war. Es blieb nur noch Zeit für ein kurzes Gespräch mit dem Anästhesisten. Das muß wohl für lange Zeit mein letztes Gespräch gewesen sein...

7

Als Diana zu Boden ging, besuchte ich im Auftrag meiner Ressortchefin in einer Großstadt außerhalb unseres immer noch arg rückständigen Bundesländchens, das nun schon seit vierzig Jahren auf bessere Tage hoffte, die Vorstellung von "Oh, les beaux jours", in der ein altes französisches Schauspielerehepaar die beiden Rollen verkörperte. Womöglich saß ich in dem Augenblick von Dianas Fall und Abtransport in dem kleinen italienischen Restaurant gegenüber dem Theater und aß vor dem Beginn der Vorstellung noch schnell ein Carpaccio. Ich erhoffte mir einen vergnüglichen Abend, denn die beiden alten Bühnenpferde, dieses komödiantische Zweigespann, würde sicher weniger soziologisch tiefgründeln und stattdessen virtuos uns, dem Publikum, Zucker servieren. Und die beiden enttäuschten nicht, der Veranstalter hatte seine Gastspielpreise mit diesen beiden Zugpferden gerechtfertigt, und die beiden machten aus dem Stück eine echte Zugnummer, boulevardesk und zugleich zutiefst melancholisch, eine höchst musikalische Aufführung, der ganze Abend: ein großes, anrührendes Chanson, französisch eben und kein bißchen teutonisch. Ich machte mir in einer Kneipe noch ein paar Notizen und übernachtete dann in einem billigen Hotel, das den mir zugebilligten Spesen angemessen war. Es war spät geworden, ich wollte Diana mit meinem Anruf nicht wecken. Am nächsten Morgen fuhr ich gleich zur Redaktion, um meine Rezension der Sekretärin zu diktieren. Aber sie überreichte mir als erstes eine knappe Telefonnotiz: "Bitte nehmen Sie sofort mit der Städtischen

Klinik, Neurologische Abteilung, Verbindung auf!" Verdammt, ich hatte mich bei Diana noch nicht zurück gemeldet. Es wird doch mit Diana...Ich rief in ihrer Praxis an. Dianas Erstkraft war am Apparat, aber statt mit der von ihr gewohnten Souveränität Auskunft zu geben, stammelte sie wie eine Anfängerin völlig unverständliches Zeug daher, bis ich endlich doch begriff, was vorgefallen war. Aber wieso war Diana in der Neurologie gelandet? Sie hätten keinerlei Auskünfte erhalten - ob denn kein Angehöriger erreichbar sei - dann solle der Lebensgefährte sich umgehend beim Stationsarzt melden - nein, weiter dürfe man nichts sagen. Chaos. Wirre Urmasse umquoll mich. Was für ein übles Ding würde da noch herauskommen? Ich wagte keine Bewegung. Die Sekretärin erkannte meinen Zustand, griff zum Telefon und wählte für mich die Nummer, die sie ebenfalls auf dem Zettelchen für mich notiert hatte. Ich übernahm den Hörer, und nachdem das Albumblatt für Elise, der Song of joy und die Pathétique als Kurzform- Dudelei meinen nervösen Kribbel in der Magengrube noch verstärkt hatten, meldete sich endlich die Stationsschwester: Die Patientin habe bei ihrer Einlieferung meinen Namen angegeben, ich sei nötigenfalls zu benachrichtigen.- Aber warum hat sie mich nicht selbst angerufen? - Darüber könne sie mir keine Auskunft geben. Ich solle sofort in die Klinik kommen und, wenn vorhanden, eine Vollmacht mitbringen. - Ich war völlig konsterniert, und in meiner Bestürzung stürzte ich kommentarlos aus der Redaktion und raste andauernd hupend und mit eingeschalteter Warnblinkleuchte, als könne ich damit meinen Notfall signalisieren und meine rücksichtslose Fahrweise entschuldigen, zur Klinik. Der Stationsarzt beschrieb mir die nun einmal geltenden Vorschriften und errichtete aus den ehernen Lettern einen Lettner, hinter dem er sich verschanzte. Da ich im engeren Sinn kein Angehöriger sei, könne er mir keine Auskünfte geben. Aber warum wohl wurde mein Name angegeben und warum hatte man mich dementsprechend benachrichtigt? Mir stinke das langsam, und er solle ganz schnell seinen Chef herbeordern, andernfalls würde ich im Lokalteil unserer Zeitung für einen Riesenstunk sorgen. Das wirkte. Endlich wurde ich aufgeklärt: Diana hatte sofort operiert werden müssen, da eine bleibende Lähmung ihrer Beine zu befürchten war. Dabei war es zu einem intraoperativen Zwischenfall gekommen. Seitdem liege die Patientin im Koma auf der Intensivstation der Neurologie, da ein Hirninfarkt nicht auszuschließen sei. Die nächsten Stunden seien entscheidend, ich solle aufs Schlimmste gefaßt sein. Ich fühlte mich, als sei Dianas Lähmung mir in die Glieder gefahren. Die Ärzte führten mich zu ihr. Ich beugte mich über ihr Gesicht. Was sich darin abspielte, sah nach einer grotesken Sprechübung aus, bei der es darum ging, den Unterkiefer gleichsam flattern zu lassen, wodurch die Kehllaute in ein zittriges Vibrato versetzt wurden; dieses unheimliche Bibbern machte mich Frösteln. Das war das Einzige, was ich wahrnahm, dieses fremde und zugleich faszinierende Geschehen, das mich behexte, mich in meine gebeugte Haltung bannte und jeden Gedanken aus meinem Hirn verbannte, so daß ich keine Worte fand. So stand ich sprach- und hilflos, äußerlich und innerlich unbewegt, denn Hoffen und Bangen (nein Angst, eine schreckliche Angst) hoben einander auf und ließen mich erstarren. Und als ich wieder zu denken anfing, da dachte ich nur: Wenn sie jetzt stirbt, dann sterbe ich mit ihr. Das schien mir ganz unzweifelhaft.

Ich fuhr die tausendmal erlebten Straßen zu unserem Haus, aber der so vertraute Film erschien mir wie eine Serie von Standfotos, früher bewegte sich doch alles, selbst jedes Mauerwerk schien zu atmen und sich zu dehnen wie die Kirche von Auvers auf van Goghs Gemälde. Jetzt hatten selbst die Bäume kein Leben mehr. Die Welt war erstarrt. Meine Welt war erstarrt.

Wochen später, nein, es waren seitdem wohl Monate vergangen (auch ich war, wie Diana, gleichsam aus Raum und Zeit herausgefallen) fand ich an einem trüben Novembertag den Zwischenbericht der Klinik an Dianas Hausarzt, der aus unserem Faxgerät herausgefallen war. Ich konnte nicht umhin, an fallendes Herbstlaub zu denken. Ich identifizierte Diana mit diesem Stück Papier, das quasi mit dem Gesicht nach unten auf dem Boden gelandet war. Ich empfand die Symbolik selbst als zu aufdringlich, konnte mich aber nicht dagegen wehren, und obwohl ich Diagnose und Krankheitsverlauf Dianas nur zu gut kannte, mußte ich das Blatt auf meinen Schoß legen, weil es in meinen Händen gezittert hatte wie Espenlaub. Hätte ich dieses Bulletin laut vorlesen müssen, ich hätte den nüchternen Text deklamiert, als handele es sich um den Schlußmonolog eines Sterbenden. Dieser mit Daten und Fakten gespickte Text, der keiner weiteren Interpretation bedurfte, den man nur vom Blatt vortragen konnte, ohne den geringsten Spielraum für irgendwelche tröstlichen Nuancen, für zweideutige Untertöne, aus denen sowohl Bangen als auch Hoffen herauszuhören wären, dieser Text brachte mich erneut aus der Fassung, indem er mit seiner Bestimmtheit alles Vage beiseite wischte - ein unerbittliches Dokument, das mit seiner Akribie die professionelle

Distanz spüren ließ, zu der ich nun einmal ganz und gar nicht fähig war:

„…Wegen der Ergebnisse im CT und Kernspintomographen sofort offene Nucleotomie … akutes Herzflimmern …manuelle Herzdruckmassage bei kompletten Herzstillstand … Fieberanstieg am dritten postoperativen Tag …schleppender Heilungsverlauf bei wachkomatösem Zustand … Extubation und Verlegung auf die Überwachungsstation … Antibiose … massive Nebenwirkungen (Halluzinationen) … Die Patientin hat z. Zt. stabile Kreislaufverhältnisse ; sie ist allerdings nur unscharf orientiert. Durch den langen und schweren Krankheitsverlauf besteht ein allgemeines Immobilitätssyndrom. Die Prognose bezüglich der Restitution dürfte noch völlig offen sein."

Zumindest dieser Schlußsatz ließ mich dann doch an eine Shakespearsche Komödie denken: Nach allen Irrungen und Wirrungen, nach allen chaotischen Entwicklungen, nach allen Beinahe-Abstürzen, schließlich doch, ganz knapp an der Katastrophe vorbei, das versöhnliche Ende, dem aber auch nicht ganz zu trauen war.

Wenn der Tod ums eigene Haus schleicht, schreckt das Sterben in fremden Häusern. Für gewöhnlich ist es um unser Mitleiden traurig bestellt. Unsere Trauer pflegen wir unserer Kultur gemäß ziemlich unaufgeregt. Ich fühlte mich in diesen Wochen, da Diana für immer in den dunklen Wäldern zu verschwinden drohte, unaufspürbar für uns Sterbliche, die noch nicht gestorben sind, fremdem Sterben nah verwandt, da mich selbst eine Starre befallen hatte, in mir alle Lebenslust abgestorben war, und ich nur noch zu schlafen wünschte, da ich des Lebens so müde war. Ein großer Freundeskreis umschließt immer ein Leid, es wird immer gestorben in unserer Mitte. Früher stand ich am Rand, bekam die schlechten Nachrichten gerade so mit, ohne sie zum Mittelpunkt meines Denkens und Fühlens zu machen. Ich floh nicht vor dem zentralen Ereignis, ich begab mich aber auch nicht ins Zentrum, um dem Geschehen besonders nah zu sein. Jetzt, da ich doch wirklich zur Genüge selbst betroffen war, suchte ich geradezu die Nähe anderen Unheils, nicht um mich zu trösten, daß es womöglich noch Schlimmeres gäbe als Dianas heillosen Zustand, nein, ich mied den unbeschwerten Alltag derer, die fröhlich weiter lebten, weil ich den Kontrast zwischen singulärem Drama und alltäglichem Schauspiel nicht mehr aushielt, weil ich nicht immer neu dem Schock ausgeliefert sein wollte, weil ich es stattdessen vorzog, unter Dauerschock zu stehen, wo mich nichts mehr erschüttern konnte, durchgeschüttelt wie ich war.

So pendelte ich täglich zwischen zwei Unglücksorten. Wenn ich Diana verlassen hatte, fuhr ich zu einer uralten Freundin, die sich unermüdlich, mit eiserner Energie durch ihre Wohnung kämpfte, indem sie eine Gehhilfe vor sich her schob, von der Küche ins Esszimmer, vom Esszimmer ins Wohnzimmer, vom Wohnzimmer ins Bad, vom Bad ins Fernsehzimmer, vom Fernsehzimmer ins Schlafzimmer, zurück zur Diele und alle Wege wieder aufs Neue. Indem sie ihr kleines Reich so durchmaß, verlängerte sie ihren Lebensweg, denn solange ihr dies noch möglich wäre, würde sie dieses Reich nicht verlassen müssen, ihr unermüdliches Gehen verhinderte ihren Weggang. Sie lief an gegen das Sterben. Dabei war sie eine wandernde Mumie, Arme und Beine waren mit Mullbinden bandagiert, da überall die blaurot unterlaufene Haut aufgeplatzt war, der weiße Morgenrock aus weich fließendem Satin kleidete sie wie ein Totenhemdchen, der beinahe kahle Schädel ließ ihren Kopf merkwürdig geschlechtslos erscheinen, so dass nur noch ein geübter Paläontologen mit einem Blick das Geschlecht dieses Mumienschädels eindeutig hätte bestimmen können. Sie hatte sich noch vor wenigen Wochen eine teure Perücke gekauft, die ihrer eigenen früher dunkelbraunen Haarfarbe entsprach, aber die ruhte längst auf einem Styroporkopf. Sie wusste, daß sie nicht mehr nach draußen gehen könnte, und für die Wanderungen unter ihrer Wohnzimmerdecke bedurfte es keiner wie auch immer gearteten Kopfbedeckung mehr. Wir setzten uns im Wohnzimmer auf die schweren Polstersessel, zwischen deren reich dekoriertem Bezugsstoff sie wie in einem üppig ornamentierten Sarkophag gelagert schien. Die mächtigen Sessellehnen ließen sie zu einem kleinen Mädchen schrumpfen, das nicht recht wußte, wie es sich zwischen diesen Polstern angemessen zurechtrücken sollte; es fehlte ihr dazu auch ganz offenkundig die Kraft. Die Natur als Vernichterin hatte sie mit grober Faust zu einem schmächtigen Kind skulpiert, vor mir kauerte ein Zerstörungswerk, das Pendant zu jener verfallenden Skulptur, vor der ich gerade noch vor einer Stunde gesessen hatte in fassungslosem Staunen. Immerhin konnte dieses armselige Geschöpf sein Leid noch selbst beklagen, da ihr Verstand sich über ihre Situation nicht täuschte, und sie vielmehr klar zu begreifen und zu beschreiben wusste, weswegen ich sie beneidenswert fand, wenn ich sie mit Diana verglich, deren Gleichmut ich als eine Stimmung verstand, in der es keiner Stimme mehr bedurfte, da der Verstand nichts mehr zu sagen wusste. Der Verstand dieser uralten Dame hingegen war hellwach, unruhig und unerbittlich; dieser Verstand war ein Aufrührer, der keinen Gleichmut duldete, schon gar keine

Langmut, sondern sehr schnell mit Unmut, ja, mit Wut reagierte.

„Diese Proleten, dieses junge Gesindel! Du hättest sie grölen hören müssen! Und die Weiber kreischen mit. Ein Gegröle und Gekreische, das dieses fürchterliche Dröhnen, zu dem sie hopsen und stampfen, noch übertönt - und das alles direkt über meinem Kopf. So ging das die ganze Nacht. Ich dachte, mein Bett stünde mitten in einer dieser ordinären Schuppen, wo gesoffen, gefixt und gehurt wird von diesen zukünftigen Stützen unserer Gesellschaft, die mir die Decke noch zum Einsturz bringen."

„Aber du wohnst hier doch in einem anspruchsvollen Viertel, und das Haus darf man mit Fug und Recht als Villa bezeichnen."

„Das war einmal, das war einmal. Proleten allenthalben, wohin du auch schaust. Adressen spielen da keine Rolle mehr, die Proleten haben sich überall eingenistet. Schau dir die Fernsehprogramme an! Proletenkult! Uns warf man vor, das Bürgertum feiere nur sich selbst. Na, das waren wenigstens noch Feiern! Heute geben die Radaubrüder den Ton an. Und sie trampeln auf mir herum. Oh, ich weiß, warum ich keine Kinder haben wollte! Mit Kindern bringt man sich um seine besten Jahre. Und das Geschrei nimmt kein Ende. Am Ende bringt es einen um. Diese Proleten bringen mich um, noch eine solche Nacht halte ich nicht mehr aus." Ich schwieg, weil mich ihr Gequatsche bezüglich der Kinder zunehmend nervte. Und dann, plötzlich, unvermittelt, zusammenhanglos wie ein schriller Gag in einer mutwilligen Inszenierung, höhnte sie: „Du, paß auf, die Nächste, die's erwischt, ist Diana! Das Alter spielt keine Rolle." Ihre Verbitterung und zunehmende Bösartigkeit waren der giftige Regisseur, der sie zu einer solchen geschmacklosen und grausamen Pointe inspirierte. Ich verharrte in meiner Schweigsamkeit wie ein Publikum, das entschlossen war, sich nicht provozieren zu lassen, so sehr ich auch betroffen war.

Ich hatte die Dame vor etwa dreißig Jahren kennen gelernt; damals war sie etwa so alt, wie Diana heute. Sie war eine charmante, intelligente und an allem interessierte Frau, diskussionsfreudig, im Urteilen selbstbewußt und sicher. Eine Frau mit Stil und Chic, elegant, dem Extravaganten nicht abgeneigt, in gewisser Weise mondän, nicht ohne einen fragwürdigen Beigeschmack. Man mußte sie nicht unbedingt mögen, aber man kam nicht drumherum, sie zumindest zu respektieren oder gar zu schätzen. In den letzten Jahren wollte sie nicht nur Ruhe vor Kindergeschrei haben, sondern von allen Freunden in Ruhe gelassen werden. Sie wollte nur noch in Ruhe lesen und Musik hören können. Sie stilisierte sich zu einer femme savante, der alles Treiben, alle Umtriebigkeit der Menschen als geistlos erschien, ihre innere Einkehr, ihre gedankliche Höhenflüge nur störend, ihrem Drang nach Höherem nur lästig und unwürdig. Mit ihrer Zurückgezogenheit und bewußt herbeigeführten Vereinsamung glaubte sie, sich mit einer geheimnisvollen Aura zu umgeben, was der alte Freundeskreis aber nur als überheblich und arrogant empfand. Sie wurde zu einer femme savante ohne Salon und eingeweihtem Zirkel. Ich hatte ihre Wesensveränderung mit einigem Unwillen beobachtet, sie mehrmals auf ihre misanthropischen Anwandlungen angesprochen und sie vor den möglichen Konsequenzen regelrecht gewarnt. Aber sie gefiel sich weiterhin in ihrer hochmütigen Attitüde, ja, steigerte ihren Hochmut zu einer peinlichen

Pose. Jetzt war ich nicht mehr nur verärgert, sondern tief betroffen. Wenn die Natur ihr eigenes Werk dermaßen maltraitiert, daß die vormalige Schönheit in ein Schreckensbild verkehrt wird, das wir nicht übersehen können, dann muß sie wohl auch hinter dem einmal harmonischen Antlitz wüten und dort Dissonanzen hervorrufen, die das Denken so verzerren, daß alle Äußerungen nur noch unstimmig klingen, verstörende Mißklänge sind. Ich dachte an Diana. Ich fürchtete mich vor dem Verlust der Konsonanz, ihrer Übereinstimmung mit sich selbst und mit mir. Was das Alter anrichtet, kann auch eine Krankheit anrichten. Ich hatte Angst vor dem, was in Dianas Kopf geschehen sein mochte, für den Kernspintomographen schon erkennbar, für mich noch undeutlich, wenn auch schon zu erahnen, was da noch zu Tage treten würde. Welche Metamorphose war zu befürchten? Würde Diana aus dem Dickicht wieder herausfinden? Und in welcher Gestalt, mit welchem Wesen?

Das vergreiste Kind ruckte mit beiden Schultern, um sich aus seinem kraftlosen Versunkensein ein wenig aufzurichten; der Ruck war gleichzeitig Auftakt zur nächsten Attacke:

„Diese Frau ist einfach unmöglich, ein fürchterliches Weib, so unglaublich strohdumm, du kannst es dir nicht vorstellen!"

Sie meinte damit natürlich die einzige ihr verbliebene Hilfe, eine treue Seele, ihr ergeben seit Jahrzehnten, auch jetzt immer zur Stelle, jedem Notruf reflexartig folgend, ohne die eigenen Bedürfnisse auch nur einen Moment zu bedenken. Sie erschien uns allen als ein wahrhaft selbstloses, sich geradezu aufopferndes treues Tier, das alle Lasten der

Herrin trug. Es war ein Herrin-Magd-Verhältnis, das wir da beobachteten, eine fremdartige Symbiose aus einer längst vergangenen Zeit: Zwei Schlinggewächse, die von einander nicht lassen konnten, sich aber auch gegenseitig zu ersticken drohten. „Manchmal würde ich diesen Trampel am liebsten erwürgen! Das Biest weiß ganz genau, daß ich ohne sie verloren wäre, dass meine vier Wände hier gerade noch als meine Grabkammer taugten. Und ich sehe sie schon als Grabräuberin. Ich sehe ihre Augen, ihre raffgierigen Blicke, die alles registrieren, schon jetzt inventarisieren, was sie einmal mit ihren Händen zusammenraffen wird. Da im Regal, die alten Bücher mit den noblen Einbänden, die möchte sie am liebsten sofort mitnehmen, weil ich gesagt hatte, die alten Schinken müßten verschwinden, um den Neuerscheinungen Platz zu machen. Michael, ich bitte dich, ich flehe dich an, pack' die Bände in einen Müllbeutel und wirf sie in den Altpapiercontainer! Ganz schnell weg mit dem Zeug, damit die ungebildete Spießerin ihr kleinbürgerliches Heim nicht damit schmückt und herumprahlt mit einem Eigentum, das nie und nimmer ihr eigentümlich ist!"

Es handelte sich bei den Bänden übrigens um die komplette Sammlung einer bekannten Reihe mit den Veröffentlichungen der Stücke moderner Dramatiker. Und es war schon komisch, daß ich beim Aufschlagen zweier Bände als erstes auf die beiden Stücke stieß, die das Herr-Knecht-Verhältnis mit drastischer Komik behandeln. Ich ahnte nicht, daß meinem Abgang als Packesel, der ebenfalls nicht ohne eine gewisse Komik war, wenige Stunden später der endgültige Abgang der alten Dame folgen würde: Sie stolperte gewissermaßen in den Tod. Vielleicht hätte die Perücke den Stoß gegen den Waschbeckenrand dämpfen können, aber die schmückte ja den Styroporkopf mit dem Gesicht, das nur eine teilnahmslose Maske war. Ich sehe diesen Styroporkopf, der von der Hutablage in der Diele herab durch die offen stehende Badezimmertür zu blicken scheint, wo die kleine weiße Gestalt mit den weißen Kacheln verschmilzt und sich so auflöst ins Nichts.

Wir waren fünf oder sechs Personen, die den Versuch einer Feier ohne eigentlich Trauernde unternahmen. Die Urne stand auf einem schlichten Sockel. Ich setzte mich vor den Sockel, so dass es für die anderen aussehen mußte, als trüge ich die Urne auf meinem Kopf. Einen Moment dachte ich: Es ist, als streue ich ihre Asche auf mein Haupt. Eine geisterhaft befremdliche Begegnung. Sie war mir doch noch vor ein paar Tagen als Fleisch und Geist in der Wohnungstür erschienen, hatte mir die Wange mit dem merkwürdigen Rouge der feinen Äderchen zum Kuß hingehalten, war mir ins Wohnzimmer voraus geschlurft, die Gehhilfe unwillig um die Ecken schubsend, hatte mir leibhaftig gegenüber gesessen, hatte geschimpft, gespottet, gehöhnt, war mir zwar mumienhaft erschienen, aber hatte doch gelebt! Nun, ihr verfaulender Körper würde nicht weiter faulen, unter der aufgeplatzten Haut würde es nicht gären, nichts Stinkendes würde hervorquellen, nichts würde weiter mit ihr geschehen, das ihren einstigen Chic, ihre Eleganz, ihre leicht mondäne Erscheinung zu verhöhnen vermöchte. Dagegen war sie, ohne daß noch irgendeine Gehhilfe nötig gewesen wäre, drei Stunden allein durchs Feuer gegangen. Die schimmernde Urne umschloß ihre körnige Asche. Alles Unappetitliche war kremiert, der Natur ein Schnippchen geschlagen. Der ästhetische Aspekt der Situation befriedigte und beruhigte mich. Ich hatte meiner antiklerikalen Freundin versprechen müssen, ein paar Worte zu sagen, bevor die anonyme Urnenbeisetzung stattfinden würde. Es war ihr letzter Wille. Ich hatte ihr mein Versprechen gegeben. Ich hatte die vor mir Sitzenden gerade angesprochen, da spürte ich, wie mein Wille zum Weitersprechen nichts half, wie ich sprachlos gebannt saß, die Urne im Nacken. Mit dieser Urne saß mir die Angst im Nacken. Ich hatte Angst, Diana könnte, der brutalen Prophezeiung der Verstorbenen folgend, mich in diesem Augenblick für immer verlassen haben. Man hat mich aus der Einsegnungshalle in die frische Luft hinausgeführt. Ich fühlte mich als jämmerlicher Versager. Ich atmete tief durch. Es half nichts. Zum ersten Mal in meinem Leben spürte ich, was „Das geht über meine Kräfte" wirklich heißt. Und zum ersten Mal hatte ich Angst, ich würde Dianas und mein Schicksal nicht zu meistern vermögen, sondern auch da versagen entgegen allen Versprechen: Ich werde für dich da sein, ich werde für dich sorgen. Niemals würde ich zulassen, daß du in ein Pflegeheim kämest!

8

Passio Dianae secundum Michael. So muß ich diese späteren Notizen betiteln. Denn ich habe meine Passion nicht bewußt durchlitten, geschweige denn dokumentiert. Ich bin auf Michaels Bericht angewiesen, der als eine Art Evangelist auf meiner Bettkante saß, um mir die Frohbotschaft zu verkünden, daß bald mit meiner Auferstehung zu rechnen sei.

„Du redest ja gerade so, als sei ich todkrank gewesen!"

„Ja, mein Schatz, du warst wirklich dem Sterben sehr, sehr nahe."

Und dann begann der Evangelist meine Passion zu schildern. Ich vernahm es mit Misstrauen, denn ich hielt vieles davon für überhöhende Legende. Jetzt, da ich mich an seinen Bericht erinnere (zumindest mein Langzeitgedächtnis funktioniert wieder tadellos, was ich allein schon deshalb weiß, weil ich alle Telefonnummern jederzeit verläßlich abzurufen vermag) versuche ich mir meine angebliche Geschichte vorzustellen, sie zu vergegenwärtigen und mit Anmerkungen zu versehen, zu denen ich zum Zeitpunkt, da ich erstmals von ihr hörte, sicher absolut unfähig gewesen wäre:

Ich soll also in dem Saal (ein Zimmer war es wohl nicht, denn angeblich standen dort sechs Betten) einer Intensivstation gelegen haben. An der Decke sollen sich kreuz und quer Vorhangschienen befunden haben, damit um jedes Bett herum weiße Stores gezogen werden konnten, wenn intime Verrichtungen (vulgo: wenn ein Patient aus seinem Kot herausgeholt werden mußte) anstanden, die mit Anstand, also so, daß kein Besucher peinlich berührter Voyeur sein mußte, über diese makabre Bühne zu bringen waren. Ich lag da zwischendrin und habe von allem nichts bemerkt. Komisch, ein Ensemblemitglied zu sein, das sich seiner Rolle nicht bewußt ist. Ich war unfreiwilliger Akteur, wenn auch passiv, der Zuschauer hatte, die sich irgendwie in einem dunklen Raum befinden mußten, so daß ich sie nicht wahrnehmen konnte. Der ganze Saal zugleich Zuschauerraum und Bühne. Vielleicht waren die Zuschauer die eigentlichen Akteure, und ich und meine Leidensgenossen waren paralysierte Zuschauer, die zu keiner Katharsis fähig waren, denn das Leiden dieser Akteure blieb uns verborgen. Michael erzählte jedenfalls später, wie unsäglich er jedes Mal gelitten habe, wenn er in dieses Environment (als solches bezeichnete er die Installation in dieser alternativen Spielstätte) eintauchte, dem er den Titel " Ein Endspiel" gegeben hatte, was, so präzisierte er seine Eindrücke, nur zu angemessen war: Er habe neben meinem mit Gittern abgesicherten Bett gesessen, der weiße Store habe sich leicht in dem Luftwirbel, den die Klimaanlage erzeugte, bewegt und um seine Schultern gelegt, so daß er sich wie in ein Leichentuch gehüllt gefühlt habe. Na ja, er hatte schon immer eine theatralische Ausdrucksweise. Er biß sich auf die Lippen, und ich dachte, er verkneife sich eine Retourkutsche, aber dann sagte er: "Als sich dieses theatralische Leichentuch um meinen Rücken schmiegte, da ist einen halben Meter hinter meinem Rücken ein Mensch gestorben. Ich hörte das Aufschluchzen der zwei oder drei Angehörigen, die ihn umstanden; eine der Schwestern hat sie dann ganz schnell hinausgeleitet. Ich saß zwischen dir und dem Toten, und ich dachte an diese dubiosen Mitmachstücke, wo die Zuschauer den weiteren Handlungsverlauf bestimmen konnten. Was wäre, wenn diese Angehörigen sich nun für die mögliche Alternative entscheiden würden und sie als Variante erleben wollten? Dann säßen sie weiter neben ihrem Kranken, du würdest sterben, und ich würde von der Schwester hinausgeleitet. Auf dieser Bühne war alles möglich: ein Happyend am heutigen Tag konnte der Beginn der Tragödie sein, mit der der morgige Tag enden würde." Das hat mich dann doch ein bißchen schaudern gemacht, aber so recht konnte ich mir mein persönliches Drama nicht vorstellen.

Ich erinnere mich an keinerlei erregende Spannung, aber auch an keine innere Gelassenheit. Vermutlich vegetierte ich im Zustand der Gleichgültigkeit, in dem mir alles gleich gültig war und somit im Grunde nichts bedeutete. Michael erzählte mir, daß er mir jeden Nachmittag irgendeine Leckerei zum Abendessen mitgebracht habe, diverse Antipasti, Lachstartar, mit Käse gefüllte Cocktailtomaten. Ich hätte mit großem Appetit, aber ohne erkennbaren Genuß all die Köstlichkeiten verschlungen, um anschließend den fürchterlichen Nudelsalat aus der Krankenhausküche in mich hineinzustopfen und zwischendurch den Früchtetee aus einer Schnabeltasse in mich hinein zu schlabbern. Wenn dem wirklich so war, und Michael das Geschehen nicht wieder dramatisiert und mit Pointen ausgeschmückt hat, dann muß ich ihm als Protagonistin in einem Horrorstück erschienen sein. Hat er sich vor mir geekelt? Und warum mußte er im nachhinein all diese Schreckensbilder in mir wachrufen? Ich hatte sie doch so wunderbar verdöst! Wollte er sich damit wichtig tun, was für ein interessanter Zuschauer er doch war? Denn wenn ein Lebensabschnitt so theatralisch gerät, dann sind, wie schon gesagt, ja offenbar die Zuschauer die eigentlichen Akteure. Sie sind es, die voller Emotionen sind, sie haben ihre großen Aus- und Zusammenbrüche, sie tragen alles Leid der Welt, sie gehen zu Grunde. Und all dies geben sie in täglichen Bulletins einem sensationsbegierigen Freundeskreis zum besten. Derweil habe ich die Tage und Wochen emotions- und regungslos verbracht, so muß es ja wohl gewesen sein. Ich erinnere mich nicht. Und ich würde mich so gerne erinnern. War ich in einem Zwischenreich? War ich schon ein von seinem Körper befreites Geistwesen? Ich lache über solchen Kokolores. Jetzt hätte ich womöglich die Gelegenheit gehabt, dem Obskurantismus auf die Schliche zu kommen und habe es doch offensichtlich verpaßt. Schade. Michael tut mir leid, für ihn muß das alles andere als lustig gewesen sein. Aber vielleicht hat er die Sensationen, die ich ihm unfreiwillig bereitet habe, auch genossen? Erweiterung des Bewußtseins? Erschließung neuer Dimensionen des Seins? Dinge, die ich womöglich initiiert habe, ohne sie selbst wahrnehmen und verarbeiten zu können. Mein Kranksein, fast zum Tode - für ihn ein Remedium, sein Leben zu heilen? Mit sich ins Reine zu kommen? Inventur zu machen? Sich neu zu bestimmen? Wer weiß. Nein, im Grunde sind mir all diese Heiligsprechungen einer Krankheit fremd und zuwider. Ich bin Agnostikerin, will es sein und bleiben, daran hat meine Krankheit nichts geändert.

Was für eine Rolle haben die Ärzte gespielt? Oh, da wußte Michael einiges zu erzählen! In diesem Saal waren sie die Spielleiter. Sie produzierten Erfolgsstücke und Flops. Und dazwischen gab es ja die sacht wehenden Vorhänge fürs gnädige Verschleiern. Die Ärzte also, sie müssen Michael arg zugesetzt haben, ihn regelrecht tyrannisiert haben. Sie waren grausame Spielleiter, die den armen Statisten mit ihrer Launenhaftigkeit so in Verwirrung stürzten, dass er nicht mehr wußte, wo er Stand suchen, wie er Stellung beziehen sollte, wo er festen Boden unter den Füßen finden könnte. So widersprüchlich waren ihre Anweisungen und Kommentare bezüglich meiner Person, daß Michael nicht mehr wußte, was mit seiner Partnerin geschah oder nicht geschah, was mit ihr zu geschehen oder nicht zu geschehen hatte, wie er mich das nächste Mal antreffen würde, ob er mich überhaupt noch einmal lebend antreffen würde. Sie mußten ihn in so fürchterliche Konfusionen gestürzt haben, daß er aus seiner hilflosen Statistenrolle zu fallen drohte, weil er von einem unaufhörlichen Drehschwindel befallen und damit selbst mehr und mehr zum Patienten wurde. Irgendwann lüfteten die Ärzte ein wenig den Schleier und gestanden Michael, daß sie selbst völlig ratlos seien, daß dem Stück mit Inszenierungstricks nicht beizukommen sei, daß man es einfach vom Blatt spielen müsse, ohne zu wissen, ob und wann und wie das Blatt sich wende. So gewunden drückten sie sich aus, aber dieses Herumgedruckse empfand Michael letztlich doch ehrlicher und informativer als das Getue, man habe alles fest im Griff. Und Michael begriff, daß er in diesem Stück ein Statist war, der seine Position selbst finden mußte, mochte er sich von Gott und der Welt auch noch so sehr im Stich gelassen fühlen, er mußte damit fertig werden, allein und ungetröstet. Die Freunde machten, so erzählt Michael, ihre Stippvisiten, die Pierers und Stärers schauten vorbei und wandten sich ab. Michael war betroffen von diesen Intermezzi, diese letztlich unbedeutenden Begebenheiten am Rande des Geschehens, en passant absolviert und abgehakt. Ich habe keinerlei Erinnerung daran, und wenn mich Michael auf die Besucher ansprach, dann verwechselte ich Pierer mit Stärer und Stärer mit Pierer, wußte bestenfalls noch, daß es irgendetwas mir "er" war. War es gestern, war es heute, war es vor einem Augenblick oder schon lange her? Desorientierung. Wunderlich, seltsam und zugleich so furchteinflößend. Ja, das ist das einzige, was mir nachträglich Angst macht: Der Computer hinter meiner Stirn stürzte permanent ab. Du, Michael, sahst es auf meine Stirn geschrieben: "Der schwere Ausnahmefehler..." Und kein First-Aid-Programm konnte noch etwas retten, was eben noch gespeichert war, ging im nächsten Augenblick verloren, unwiderruflich, unwiederbringlich. Das muß schlimm für dich gewesen sein. Hast du manchmal geweint? Habe ich Tränen deine Wangen herunterkullern sehen? Habe ich das warme Naß an meiner Wange gespürt, wenn du dein Gesicht an mich schmiegtest? Mein armer Michael, wie einsam du gewesen sein mußt, als ich ein solipsistisches Wesen war, eingesponnen in meine Welt, die eine Art Vakuum gewesen sein muß, gefühlsleer, kalt und finster wie das All, in dem ich irgendwo herumvagabundierte, losgelöst von allen Pierers und Stärers und auch von dir. Das muß dich sehr getroffen haben: Da liegt sie und ist doch so weit fort von mir. Und doch denke ich, daß ich nicht gänzlich unerreichbar für dich war. Du sagst, ich habe dich immer sofort erkannt, dich immer sogleich mit deinem Namen angesprochen, habe dich manchmal sogar angelächelt und meine Hand nach dir ausgestreckt. Vielleicht warst du es ja, der mich wieder auf die Erde zurückgebracht hat, wer weiß? Zumindest ein schöner Gedanke, wenn auch - na ja, du kennst mich - wenn auch knapp am Kitsch vorbei. Ach, Michael, was bedeutet das alles, für dich, für mich, für uns beide?

9

Der Oberarzt setzte sich auf Dianas Bettkante neben mich, legte den linken Arm über meine Schultern und schaute nach rechts hinunter zu Diana. Er war ein junger, ehrgeiziger Arzt, der sein Namensschild mit den Titeln Oberarzt und Privatdozent durch ein leichtes Vorwölben der Brust immer ins Blickfeld seines Gegenübers vorzurücken bemüht war, ja, das Bild von einer stolz geschwellten Brust paßte auf ihn ziemlich genau. Dabei hatte er bereits in Nuancen die sprachlichen und körpersprachlichen Signale der Leutseligkeit seines Chefs übernommen, aber die väterliche Attitüde mochte zu seinem jungenhaften Aussehen nicht so recht passen. Dennoch hatte ich zu ihm besonderes Vertrauen, ich sah in ihm eine Art Vaterfigur, die für Diana und mich ein fürsorgliches Verständnis aufbrachte. Ich hätte mich in unserer Situation sogar in den Schutz eines Jünglings begeben, hätte er mir nur mit einiger Kompetenz versichert, daß wir (das heißt natürlich vor allem Diana) fast über dem Berg seien und bereits ins Land der Verheißung einer beruhigenden Normalität hinüberschauen könnten. Der Oberarzt hatte, wie sich gleich zeigen sollte, spontan den Plan gefaßt, uns für einen Tag in die Normalität zu entlassen. Deshalb hatte er den Arm um meine Schultern gelegt und schaute gleichzeitig zu Diana hinunter. Ich erkannte daraus sofort, daß er uns etwas vorschlagen würde: Na, ihr beiden, was haltet ihr davon ? Und tatsächlich drehte er jetzt den Kopf zu mir, um mich als ersten direkt anzusprechen:

"Nehmen Sie Ihre Frau für heute mit nach Hause! Einverstanden?" Ich beugte mich, freudig überrascht, wie ich war, ruckartig vor, um an ihm vorbei zu Diana sehen zu können: "Hast du das gehört? Wir fahren zusammen nach Hause! Ist das eine Überraschung! Ist das nicht toll!" Diana lächelte selig wie ein Kind und drückte bestätigend zweimal leicht ihr Kinn gegen die Brust. Der Oberarzt faßte ein Handgelenk Dianas, drückte es kurz, während er mir einen aufmunternden Klaps auf die Schulter gab, löste sich dann von uns, drückte sich von der Bettkante ab, richtete sich mit dynamischem Schwung auf, eilte zur Tür, drehte sich noch einmal zu uns um: "Ich sage der Stationsschwester Bescheid" und entschwand. Sein Abgang hatte für mich etwas vom Entschwinden eines Deus ex machina, das lieto fine ist bewerkstelligt, der Gott entschwebt in einer weißen Wolke. Ja, ja, es sind wahrhaftig Götter in Weiß, diese Ärzte. Wir müssen nur ganz, ganz arme Teufel sein, um dies zu begreifen und anzuerkennen. In diesem Augenblick betete ich den jungen Herrn jedenfalls an.

Zwei Schwestern präparierten Diana für unseren Ausflug, sie machten sie in zwei Punkten gewissermaßen dauerhaft haltbar: Der Blasenkatheter mündete in einen kleinen Plastikbeutel, der an Dianas linke Wade gebunden wurde; ihr Hintern wurde so dick eingepackt, daß die wollene Trainingshose darüber wie aufgeblasen erschien. Ich stand bei der Prozedur daneben, neben mir, neben meiner Rolle als Dianas Partner und versuchte das Fremde, diesen Diana verfremdenden Effekt und meine Befremdung zu reflektieren. Dabei war es eine kleine Auferstehung, der ich beiwohnte: Man befreite Diana endlich von diesem schlichten Hemd, das so fatal nach Leichenhemd aussieht, hüllte sie in kein Leichentuch, sondern in bequeme Alltagskleidung und eine wärmende bunte Wolldecke, und dann stellte man sie auf ihre Beine, für einen Moment stand Diana mit beiden Beinen auf dem Boden, die beiden Schwestern hielten sie fest untergehakt unter ihren Achseln, aber Diana stand, berührte zumindest mit ihren Füßen den Boden, und so zählte sie ganz offensichtlich für einen Augenblick wieder zur Gattung mit dem aufrechten Gang, auch wenn sie keinen Schritt tat, sondern sogleich in den Rollstuhl gesetzt wurde. Es war ein atemberaubendes Schauspiel, dem ich da beiwohnte, ein Mensch, den ich ein halbes Jahr nur liegen sah, alle zwei Stunden in einer anderen Lage, ein lebender Leichnam, ein Körper, dessen Schwere herrührte von seiner Kraftlosigkeit, eine bleierne Schwere, die ich kaum bewältigte, wenn ich Diana einmal selbst so zu lagern versuchte, dass sie mir zugewandt war, dieser Mensch stand nun (und wenn es auch nur ein halbes Schweben war) für einen kurzen Augenblick vor mir, das Gesicht beinahe in Augenhöhe mir gegenüber. Es war, als begegnete ich Diana nach langer, langer Zeit, und als sähen wir uns ein zweites Mal zum ersten Mal. Und es war zugleich ein Wiedererkennen: Indem sie stand, mir gegenüber stand, mir kurz in die Augen sah, erkannte ich sie endlich wieder, und auch in ihrem Blick war etwas von diesem Wiedererkennen. Ich war glücklich und voller Vorfreude auf unsere gemeinsame Fahrt nach Hause. Heimkehr, Diana kehrt heim, zwar nur für ein paar Stunden, aber dies war ein Versprechen, es war, da diese Heimkehr in die Adventszeit fiel, fürwahr die Ankunft der Herrin des Hauses, sie selbst war der Hoffnungsschimmer, der, indem sie in das Haus eintreten würde, endlich auf die lastende Düsternis fallen würde, so daß plötzlich alles ganz leicht und einfach erschiene. So dachte ich. Draußen, an der Auffahrtsrampe vor dem Klinikeingang, wartete Dianas beste Freundin. Diana, eingesunken zwischen den Rollstuhllehnen, den Kopf schief gegen ein Kissen gelegt, lächelte zu ihr hinauf. Eine der Krankenschwestern hatte uns nach unten begleitet und hob jetzt mit geübtem Griff Diana so weit in die Höhe, daß sie sie auf den Rücksitz des Autos umsetzen konnte. Sie deutete ein Winken an, sagte etwas zu nachdrücklich "Na, dann viel Glück" und enteilte - mir schien, mit einem leichten Kopfschütteln - auf ihre Station. Dianas Freundin setzte sich dicht neben das haltlose Bündel, umgurtete es zur Sicherheit, drückte Dianas Kopf fest gegen ihre Schulter und sagte immer wieder irgendwelche aufmunternden Phrasen, die man bereithält, um ungeübte Situationen zumindest verbal zu meistern. Ich gab beständig Hinweise, wo wir uns gerade befänden, denn im Rückspiegel erkannte ich Dianas Teilnahmlosigkeit, und mir war klar, daß ihr Zweck und Ziel der Fahrt völlig unklar waren. "Fahrt ihr mich zum Kernspintomographen?" fragte sie denn auch. "Muß ich schon wieder in die Röhre? Ich werde nicht ruhig liegen können, mir tun jetzt schon alle Knochen weh." Ich versuchte sie aufzuklären: "Nein, mein Schatz, wir fahren nach Hause, und dort kannst du dich gleich wieder hinlegen - in dein eigenes Bett! Ist das nicht schön?" "Aber ich komme doch gerade erst aus meinem Bett." Ich las laut die Namen auf den Ausfahrtschildern, ich deutete auf markante Punkte der Landschaft, ich sagte immer wieder, wie viele Kilometer es noch bis zu unserer Stadt seien, ich mühte mich, Diana jede erdenkliche Orientierungshilfe zu geben. Sie war eingenickt, das Kinn war heruntergefallen, der Mund stand weit geöffnet, ihr schnarchiges Atmen übertönte die Fahrgeräusche. Und plötzlich fühlte ich mich wieder unsäglich einsam, ich spürte, daß es nicht genügte, diese stumme Fracht bei mir zu wissen, um irgendwie erleichtert zu sein, nein, sie befrachtete mich damit, daß sie nurmehr gewichtige Materie zu sein schien, der es völlig an Geist fehle. Dianas Freundin half mir, den Rollstuhl die drei Stufen zur Haustür hinaufzutragen; sie kam nicht mit ins Haus, sondern verabschiedete sich hastig, sie gehe die paar Schritte zum Taxistand, nein, ich brauche mich nicht weiter um sie zu kümmern, ich hätte mit Diana weiß Gott genug zu tun, aber wenn ich ihre Hilfe bräuchte, dann käme sie sofort, spätestens gegen Abend sei sie wieder da, um mir bei der Rückfahrt behilflich zu sein.

Ich hatte die Haustür geschlossen und stand allein mit Diana im Flur. Und in diesem Augenblick überfiel mich in den mir seit Jahren so vertrauten Räumen die Platzangst. Ein eisernes Tor war hinter mir krachend ins Schloß gefallen, die Riegel waren vorgeschoben, das Gefühl der Ausweglosigkeit hielt mich eisern im Griff. Ich suchte, mir aus der Zwangslage hinaus zu helfen, indem ich Diana die Räume als ihr wunderschönes Zuhause pries, in dem sie sich doch wohlfühlen müsse. "Ist es nicht wunderschön, endlich wieder einmal zu Hause zu sein?" Diana bewegte den Kopf zeitlupenhaft von oben nach unten, von unten nach oben, und so in einem fort, wortlos. Es war kein bejahendes, bestätigendes Nicken, es war das mechanische, vertikale Pendeln einer Figur auf einer Spieldose. Ich dachte, womit kann ich diese Figur bloß aufziehen, daß sie zu wahrem Leben erwacht? "Soll ich dir einen Kaffee kochen? Möchtest du ein Stück Kuchen? Soll ich die Lampe anmachen? Möchtest du etwas Musik hören?" Diana kippte seitlich weg. Panik befiel mich und stürzte mich in solche Verwirrung, daß ich durch meine Kopflosigkeit zwar von meiner Platzangst erlöst war, aber nun voller Angst im ganzen Haus herum rannte auf der Suche nach ausreichend vielen Kissen, die ich zwischen Diana und die Rollstuhllehnen klemmen konnte, um ihr den nötigen Halt zu geben. Zuletzt sah Diana aus wie ein Popanz, ganz so, als habe man sie in Positur gerückt, um vozugaukeln, der Popanz sei gar kein Popanz, sondern etwas wahrhaftig Lebendiges, vor dem man nicht zu erschrecken brauche. Aber die Selbsttäuschung konnte mich nicht beruhigen. Ich war drauf und dran, den Notdienst anzurufen. Da sagte sie:" Ich bin müde, ich möchte mich hinlegen." Kein sehr beruhigendes Lebenszeichen, aber immerhin ein Lebenszeichen. Das Problem war, es gab im Erdgeschoß kein Bett. Ich mußte Diana auf eine Ledercouch legen, die ein ausgestrecktes Liegen nicht erlaubte. Es war das erste Mal, daß ich Diana umsetzen mußte, von dem Rollstuhl auf die Couch. Ich hatte zwar zugesehen, wie die Schwestern das machen, und es sah eigentlich nicht so aus, als ob ein besonderer Trick dabei wäre. Jetzt staunte ich, wie eine zierliche Helferin etwas bewerkstelligen konnte, das mir aussichtslos erschien. Ich stand da vor einem amorphen Etwas, an dem ich nicht einen Ansatzpunkt zu finden glaubte, wo ich hätte zupacken können, ohne daß mir die Last gleich wieder entglitt. Diana ließ alles mit sich geschehen, sie war schon allzu lange nicht mehr Subjekt, sondern nur noch Objekt, das gehoben, gewendet, geschoben wurde. Sie war es gewöhnt, willenlos alles mit sich geschehen zu lassen, es schien ihr in Ordnung so, also kein Kommentar, kein Hinweis, kein Protest. Ich hätte sie schultern, in den Keller tragen und dort irgendwo deponieren können, sie wäre es zufrieden gewesen. Nein, von Diana war keinerlei Mithilfe zu erwarten. Und irgendwie schaffte ich es dann, sie so zu lagern, dass ihre Beine über der einen Couchlehne lagen, und sich ihr Kopf gegen die andere stützte. Ich deckte sie zu, und sofort war sie eingeschlafen. Ich hatte gehofft, mir für ein paar Stunden meine Partnerin zurück ins Haus zu holen, mit ihr für eine kurze Frist im trauten Heim das vertraute Miteinander zu erleben. Was für ein Romantiker, was für ein Träumer, was für ein Illusionist ich war! Ich verfluchte den Oberarzt und was er da angezettelt hatte, ein ganz und gar unverantwortliches Experiment. In mir stieg der Verdacht auf, er habe offenbar ein nicht von Diabolik freies Vergnügen daran gefunden, ein bißchen Gottvater zu spielen, indem er uns in ein Abenteuer schickte, das wir kaum bestehen konnten, in eine Freiheit, in der wir zu spüren bekämen, wie beschränkt und abhängig wir weiterhin waren. Wahrscheinlich wollte er mich testen, mich durch eine Wasser- und Feuerprobe schicken, ob ich es wert sei, Diana für mich zurück zu gewinnen. Die Feuertaufe bestand mir aber erst noch bevor. Diana schlief einen Dornröschenschlaf, kein Kuß vermochte sie zu wecken. Wieder spürte ich, wie der Terror Panicus mir Angst und Schrecken einjagte, wieder war ich drauf und dran, diesmal wenigstens in der Klinik anzurufen, um mich zumindest beruhigen zu lassen. Da bewegte sich Diana leicht, fragte nach dem Frühstück und ob die Nachtschwester schon gegangen sei. Ich versuchte abermals, mit einigen Hinweisen ("Kannst du hinaussehen? Siehst du, da ist dein Garten.") ihr zur Orientierung zu verhelfen. Dann fiel mir ein, daß ich unbedingt nachsehen müßte, ob der Geruch etwas Unangenehmes zu bedeuten hätte. Es war schon unendlich mühsam, in dieser Lage Diana die Trainingshose hinunterzuziehen; sie konnte ihr Gesäß nicht anheben, also zog ich mit der Hose zugleich schon die Einlage ein Stück mit hinunter. Und ich sah, dass ihr der breiige Kot bis zu den Hüften reichte; sie steckte - was allein schon als Metapher höchst unappetitlich ist - buchstäblich in der

Scheiße. Ich zerrte an den verschmierten Klebebändern, faßte mit spitzen Fingern die Enden der Einlage und öffnete die Kloake. Wären da nicht die Schamhaare gewesen, ich hätte Dianas Scheide für ihren After halten können, ja, vor mir lag ein zum Kloakentier degradierter Mensch, und dieser Mensch war meine Frau. Jetzt haderte ich nicht mehr mit dem Oberarzt, der ein bißchen lieber Gott zu spielen beliebte, jetzt haderte ich mit dem lieben Gott persönlich. Von wegen *Gnaden, großen Gnaden*, von wegen *Heil, heilig Licht. Jemand sieht mich immer noch an. Nimmt sich meiner immer noch an. Das eben finde ich so wundervoll.* Mein Gott, schau dir das an, schau dir deine Kreatur an, schau sie dir an, wie du sie geschaffen hast, und findest du das vielleicht wundervoll? Beschissen finde ich das, höchst beschissen! Und nun weg mit der Scheiße! Ich schaffte eine Plastikschüssel mit Wasser bei, Waschlappen, Papiertücher, Frotteetücher, und dann machte ich mich daran, Diana vom Schlamm zu befreien und einen neuen Menschen aus ihr zu machen. Ja, mit solchen Ideen eines Initiationsritus versuchte ich mich über die beschissene Realität hinüberzuretten, versuchte ich, mein Bild von Diana als Ebenbild einer Göttin zu bewahren. Sie war zu erschöpft, als daß sie von ihrer unwürdigen Lage auch nur das mindeste mitbekommen hätte. Sie lächelte mich an und schien ganz zufrieden. Dann schlief sie wieder, und es gelang mir auch nicht am Abend, sie noch einmal zu wecken. Jetzt setzte ich mich wirklich mit dem Notdienst in Verbindung, der Notarzt ordnete den Rücktransport im Krankenwagen an, die Sanitäter hievten Diana auf die Trage, trugen sie aus dem Haus, fuhren sie zur Klinik, trugen sie hoch auf die Station, wo ich, der vorausgefahren war, bereits auf sie wartete. Sie hatte sich, so erzählte sie hellwach, die ganze Fahrt mit dem reizenden, jungen Sanitäter unterhalten, schade, daß die Fahrt schon zu Ende sei. Alle lachten. Ja, ja, vor dieser Patientin müsse man sich schon ganz schön in Acht nehmen, eine rechte Schwerenöterin sei sie. Der Oberarzt stand dabei, aber ich schaute ihn nicht an, ich schaute ihn nie mehr an.

10

Ich versuche mich zu erinnern- eine Gespenstergeschichte. Ich mühe, ja, quäle mich, den Schleier, dieses Gespinst, zu zerreißen, aber einiges bleibt mir wohl immer schleierhaft. Eine Geisterfahrt! Ich kann sie nicht steuern und finde nicht heraus. Die Schemenhaftigkeit der Gestalten, das Geheimnisvolle der Orte - kaum etwas zu fassen, zu lüften, es bleibt wattig und stickig. Das Spuk- und Geisterhafte - ob ich es je zu packen bekomme, ich, die Physiotherapeutin, die sich an Bein und Fleisch hält und das Unerklärliche scheut? Ich bin keine Geistheilerin, ich glaube nicht an Geistwesen. Aber hier - welche Verwirrung, schrecklich bedrohliches Wort!

Ich lag in meinem Bett. Die Schwestern hatten vergessen, das Gitter hochzuklappen, oder vielleicht war diese Vorsichtsmaßnahme auch nicht mehr nötig, ich weiß es nicht. Ich hatte versucht, aus der schmucklosen Porzellandose, die auf meinem Nachttisch stand, einen Champagnertrüffel herauszufischen, eine dieser süßen Kugeln, mit denen ich meinen Bauch, ein unersättliches Magazin, mit einer Mechanik, die etwas Perpetuummäßiges an sich hatte, und die mir offenbar außer Kontrolle geraten war, permanent aufzufüllen trachtete, der meinen pelzigen Fingerspitzen aber entglitt, zu Boden fiel und auf dem blank geputzten Linoleum, auf dem man einen Curlingwettbewerb hätte austragen können, davon kullerte. Nun, wenn ich die Klinik verlassen sollte, dann müßte ich doch auch das Bett verlassen können, um diese fehlgeleitete Kugel zu erhaschen. Ich rollte mich also an die Bettkante heran, versuchte mich aufzurichten, und schon ging's abwärts mit mir. So gelangte ich zum Abschied von der Klinik noch schnell in eine andere Abteilung, wo mir die Platzwunde unter meinem linken Auge genäht wurde. Dann aber waren die Kliniker mich endlich - nach einem halben Jahr! - los. Draußen war es bitterkalt, es hatte ein bißchen zu schneien begonnen. Die Sanitäter hatten ihre orangefarbenen Jakkenkragen hochgeschlagen und bugsierten mich in einem Tempo in ihren Krankenwagen, als hätten sie mich soeben schwerverletzt aus einem Straßengraben geborgen und müßten mich schleunigst mit einem marktschreierischen Tatütata ans rettende Ufer transportieren. Ich fror. Ich wollte zurück in mein warmes Bett. Was sollte dieses Gerumpel über irgendeine Landstraße, von der ich nichts sehen konnte! Ich glaube, ich habe nach Michael gerufen, er solle mich doch nach Hause bringen, ich hätte keine Lust, sinnlos durch die Gegend geschaukelt zu werden. Neben meiner Liege saß einer der Sanitäter und erklärte mir, wir führen doch zur Reha. Ich erwiderte kategorisch, daß ich da nicht hinwolle, daß mich keiner gefragt habe, und daß ich immer noch selbst zu entscheiden wünsche…" Nun werden Sie ja nicht hysterisch, das fehlte uns noch" fiel mir der Bursche ins Wort. Nein, als hysterisch wollte ich nun wirklich nicht gelten, also schwieg ich und ließ mich in ein schwiemeliges Dösen schaukeln. Die Gebäude erkannte ich dann sofort, mein Onkel, der anerkannte Medizinprofessor, hatte sie vor nicht allzu langer Zeit erworben, um sie zu einer Privatklinik auszubauen. Mich ärgerte, daß der Innenhof noch immer nicht überdacht war, dort sollte doch längst das großzügige Thermalbad fertiggestellt sein. Da müsse ich mich wohl irren, sagte so ein schwerer, bäuerlicher Trampel, der mithalf, mich auf einen Rollstuhl zu hieven, da müsse ich mich wohl irren, sagte sie noch einmal in ihrem schweren, erdigen Dialekt. Und ich antwortete ihr, das müsse ich doch wohl besser wissen. Schon gut, schon gut - es klang, als schaufele sie eine Scholle ihres Ackerbodens, mir meinen Mund damit zu stopfen, fast warmherzig-liebevoll, aber sehr bestimmt. Ich fügte mich, ohne ihren gutmütig verpackten Widerspruch anzuerkennen. Wir fuhren an den großen Glasscheiben entlang, durch die man zu dem Innenhof sah, der, das wußte ich ganz genau, schon sehr bald zu einem Thermalbad umgebaut sein würde, der einfältige Bauerntrampel konnte das nicht wissen. Die Menschen interessierten mich nicht, ich ignorierte sie, ich hatte nichts mit ihnen zu tun, sie gingen mich nichts an, sie erschienen mir, so viel registrierte ich doch, auch gar nicht ansprechbar. Die Fahrt endete in einem Kabuff, klein, eng, dunkel, der Blick durchs Fenster stieß sich an einem steilen, mit Gestrüpp und niedrigem Gehölz bestandenen Hang, an dessen Fuß die Außenmauer errichtet zu sein schien. Kein Himmel, kein Horizont. Dieser Hang war der natürliche Schutzwall, die Außenwelt vor diesen merkwürdigen Insassen zu beschützen, zu denen ich nun zählte. Wieder rief ich nach Michael, er solle mich sofort hier heraus holen. Aber es kam nur so ein Weißkittel herein geflattert, der mich mit einem "So, dann wollen wir mal" mit dieser kräftigen Adjutantin ins Bad schob. Ich empörte mich: Nur diese paar Stangen! Hier kann ich doch nicht sinnvoll praktizieren! Noch nicht einmal Platz für eine Matte! Und wo sind die Bälle? -"Wir verfügen über perfekt eingerichtete Therapieräume, Sie werden sie morgen kennenlernen. Jetzt befreien wir Sie erst einmal von Ihrem Katheder." Katheder? Was für ein Katheder? Wieso baumelte dieser Schlauch zwischen meinen Beinen? Flutsch! Da war die Nabelschnur auch schon heraus. Noch ein bißchen Fruchtwasser, das auf die Fliesen platschte, Geschimpfe, ein Riesentampon ... Dann sehe ich mich erst wieder, wie ich in einer wollenen Trainingshose auf dem Rollstuhl hocke. Scheußlich! Der Gummizug zwickt mich, an den Beinen sitzt sie nicht richtig, faltig, verdreht, schäbig. Und dann diese Farbe! Michael, wie kannst du mich nur in einen solchen Proletenfetzen stecken! Ich sehe mich nach so langer Zeit erstmals wieder in einem Spiegel. Aber das ist ein Irrtum, jemand sitzt hinter mir, hat seinen Kopf vor mein Gesicht gestreckt, ein fremdes Gesicht, ausdruckslos, ausgebleichtes Haar. Ich wende mich ab. Jetzt weiß ich es: Ich bin nicht ich. Ich weiß nicht, wen man da zum Aufzug fährt, ich kann es ja wohl nicht sein. Ich bin nur Zuschauer. Jenseits der Scheiben liegt hell erleuchtet der Innenhof. Aha, jetzt beginnt der Umbau, sie arbeiten sogar in der Nacht daran, wußte ich's doch! Aber die andern wollen alles besser wissen. Ich bin nicht da, um sie zu belehren. Mein Gott, was für ein gräßlicher Saal! Ich habe noch nie im Leben in einem Speisesaal gegessen! Michael, in was für einem Hotel hast du uns da einquartiert! Halbpension, Gemeinschaftsessen, Michael, das ist doch nicht unser Stil! Und nicht einmal den Tisch darf man sich selbst aussuchen! Bei diesem Vis-a-vis kriege ich keinen Bissen herunter! Diese schiefen Mäuler, das Gesabbere! Schnabeltassen, Michael, Schnabeltassen! Ja, wo sind wir denn! Nun gut, *man paßt sich an den wechselnden Verhältnissen.* Stopfe ich mir den Salat eben auch mit der Hand in den Mund. Hör' auf, mir immerzu den Mund abzuwischen! Laß das!

11

Ich schlingerte über matschigen Neuschnee durch die verödete, in grauer Dämmerung liegende Landschaft. Ich dachte, wie schön metaphorisch dies doch sei, und durchlitt den süßlichen Genuß, mir selbst ganz herzlich leid zu tun.

Die Rehabilitationsklinik, in die Diana am Vormittag transportiert worden war, lag außerhalb des drittklassigen Kurortes auf einer Anhöhe. In jeder steil ansteigenden Kurve fürchtete ich, du schaffst es nicht, du schaffst es nicht, du versuchst, zu ihr hinauf zu robben, ein armseliger Kriecher, und gleich machst du eine Rutschpartie ins Bodenlose, und Diana sitzt da oben- irgendwie eingezwängt, starrt ins Leere und sagt nur: "*Wumm*". Dies war eine ganz miese, niederträchtige Inszenierung, wieder einmal, kein verheißungsvoller Neubeginn, der eine bessere Spielzeit versprach, nein, ein Flop, der eine weitere Saison ankündigte, die voller Frustrationen sein würde, ein Scheißspiel! Am liebsten wäre ich umgekehrt, um mich zu verkriechen (in meinem Loch fest zu stecken), nur um nicht auf diese Bühne dort oben zu gelangen, wo ich ein noch grausameres, gänzlich aussichtsloses Treiben vermutete. Ich war nahe daran aufzugeben, nicht nur diese Fahrt auf diesen verschneiten Bocksberg zu beenden, wo mich Spuk- und Schreckgestalten erwarten würden, die einen bizarren Rollstuhlreigen um Diana vollführen würden, sondern ganz aufzugeben, endgültig, ich hatte von dieser Winterreise genug, die nie und nimmer in einen neuen Frühling, einen wärmenden Sommer führen würde, sondern endlos weiter ginge durch Kälte, Erstarrung zu Absterben und Tod. Ich wünschte, in jene weite versengte Grasebene zu fliehen, wo ich möglicherweise unter einer gnadenlosen Hitze zu leiden hätte, aber wo keine Menschenseele irgendetwas von mir erwarten würde, ja, ich wünschte mich in diese Landschaft von größter Einfachheit und Symmetrie, ich wünschte mir die Gnade der Einsamkeit, dort würde ich lange weilen wollen, endlich befreit von all den Abenteuern, durch deren Spannung ich so überspannt geworden war, dass ich fürchtete, durch eine neuerliche Sensation zerbrochen zu werden.

Noch eine steile Gerade hinauf mit durchdrehenden Rädern, dann durchfuhr ich das rustikale Tor, auf dessen schneebedecktem Querbalken ein Rabe hockte. Ich wartete darauf, dass er hinter mir her krächzen würde: "Tu, der du eintrittst, alle Hoffnung ab!" Ich fürchtete wirklich ein Inferno, kein flammendes, prasselndes, keines, das erfüllt wäre von Geheul und Höllenspektakel, nein ich fürchtete daß eine unterirdische Stille diese Oberwelt beherrsche, ein eisiges Schweigen, eine fürchterliche Reglosigkeit, eine Unterweltgesellschaft, die versehentlich oben hockte. Und so war es denn auch.

Der sinnlos üppig gestaltete Eingang und die anschließende, verschwenderisch dimensionierte Halle waren nur ein besänftigendes Ambiente, die Jammergestalten kunstvoll mit Lug und Trug zu umgeben. Es war gerade Abendessenszeit für die erste Gruppe. Da ich nicht wußte, welcher Gruppe man Diana zugeordnet hatte, schaute ich in den Speisesaal, unsicher, ob ich sie dort antreffen würde. Ich blickte durch die Glastür, die sich sofort automatisch zur Seite schob. Ich empfand mich als zudringlich, machte einen Schritt zurück, die Tür schloß sich sofort wieder.

Wenn ich den Raum mit meinen Blicken nach Diana absuchen wollte, mußte ich wieder näher herantreten, was die Tür mit einem Zucken zur Seite, zur Mitte, zur Seite, so mein eigenes Hin und Her parodierend, quittierte. Ein höhnischer Slapstick, alles war so arrangiert, mich fertig zu machen. Wieder überfiel mich die Angst, ins Bodenlose zu rutschen, und übermächtig regte sich in mir abermals der feige Wunsch umzukehren, mich heimlich davon zu stehlen. Was sollte daran so verwerflich sein? Hatte man mir nicht den freundschaftlichen Rat gegeben: Diana ist kaputt, nun sieh zu, dass du nicht auch noch kaputt gehst? Mir kam der Gedanke, das Verhalten dieser launischen Glastür als eine Art Orakel zu deuten: Würde ich den Oberkörper ganz leicht vorneigen, und sie öffnete sich und blieb geöffnet, dann würde ich eintreten, würde sie mein körperliches Entgegenkommen negieren, so würde ich dies als Aufforderung zur Umkehr verstehen. Ich schloß die Augen und verbeugte mich, entgegen meinem innerlichen Widerstreben, sehr langsam, sehr diskret vor meinem gläsernen Orakel. Ich lauschte auf sein Geräusch, ein gleichmäßiges Gleiten, dann Stillstand. Ich öffnete die Augen in der Hoffnung, mich trotz meiner akustischen Wahrnehmung, in der geschlossenen Tür gespiegelt zu sehen, aber der Weg war frei, ich tat zwei überstürzte Schritte nach vorn und hörte hinter mir den sanften Stoß, der das ruhige Gleitgeräusch abschloß. Jetzt stand ich im Glashaus und war darin eingeschlossen. Ich war die einzige Person im Saal, die stand, eine unfreiwillige Eminenz, nur dazu herausgehoben, im Schnittpunkt aller hilflosen Blicke zu stehen, in denen ich nur Desorientierung zu erkennen glaubte. Mir war, als ob ich für einen kurzen Augenblick für diese Menschen eine Art Leuchtturm darstellte, an dem sie sich orientieren zu können hofften. Mir war diese Rolle peinlich, herausgehobener Fixpunkt in einer jämmerlichen Niederung zu sein, in der alle Gefühle eingeebnet zu sein schienen - bis auf dieses eine Gefühl trostlosen Verlassenseins. Und gleichzeitig erhob mich das selbstsüchtige Gefühl, einen messianischen Auftritt zu haben. Aber wem hier hätte ich was zu verheißen? Mein Gott, Diana, wo ist Diana? Nur ihretwegen bin ich schließlich hier. Schluß mit meiner verdammten Egozentrik! Sie hat das Zentrum meiner Gefühle und Gedanken zu sein. Ich schämte mich, daß ich mich darauf besinnen mußte, ich schämte mich, daß ich mich zwingen mußte, die Tische nach ihr abzusuchen. Ja, ja, am liebsten hätte ich weggeschaut. Ich hatte Angst, sie zu entdecken, Angst, wie vor einer fürchterlichen Entdeckung. Ich hatte sie jetzt ein halbes Jahr lang täglich besucht, sie im Koma liegen sehen, auf einer Spezialmatratze gelagert vorgefunden, unfähig, selbständig die Lage zu ändern, unfähig, mich zu erkennen, unfähig, meinen Besuch auch nur eine Minute zu erinnern, unfähig, den Kopf ungestützt gerade zu halten, unfähig, einen Bissen oder eine Tasse selbständig zum Mund zu führen...Mein Gott, wie würde sie jetzt dasitzen, wo sie doch erst alles neu lernen mußte! Ich hatte Angst, ihre totale Hilflosigkeit in dieser neuen Umgebung noch einmal mit aller Wucht aufs Neue vorgeführt zu bekommen, ja, daß sie selbst mir regelrecht vorgeführt würde: Da, sieh' her! Du hattest dich an ihren Anblick gewöhnt, warst mit der Situation mittlerweile so vertraut, daß du ihr mit einer gewissen Gelassenheit begegnen konntest, keine Panikanfälle mehr, keine plötzlichen Angstschübe, keine Verzweiflung, stattdessen ein bißchen Ruhe, ein bißchen Hoffnung, ein bißchen Zutrauen, es wird schon alles wieder gut. *Keine Verbesserung, keine Verschlimmerung, keine Veränderung,* das war mit der Zeit, mit den Tagen, den

Wochen, den Monaten doch recht tröstlich geworden. Und jetzt? Wegschauen nützt nichts, du mußt dich der neuen Situation stellen, du mußt sehen, wie sie zurechtkommt in diesem Saal, unter diesen Menschen, im Rollstuhl, am Tisch, mit Besteck, mit Tasse...Ich hatte Angst, sie als Kreatur wahrzunehmen, die mit keiner Selbstverständlichkeit mehr zurecht kam, ein dem Alltag entfremdetes Wesen, das sich nicht mehr in die Normalität zurückführen ließ. Dann entdeckte ich ihren Rücken, der nach einer Seite wegzukippen drohte, trotz des abstützenden Kissens, nein, ich entdeckte nicht sie, sondern einen Fremdling, der mich an sie erinnerte, keine Protagonistin mehr, die mit ihrer Präsenz alles Drumherum zu Nebenpersonen und Nebenhandlung degradiert hätte, kein entblößter Nacken, der meinen Blick gebannt hätte, stattdessen ein sich sträubender Haarkranz um einen weißen Fleck Kopfhaut. Ich veränderte meine Position, um sie wenigstens von der Seite sehen zu können. Sie versuchte gerade, sich mit bloßen Fingern ein Salatblatt in den Mund zu stopfen. Es war ein unsäglich quälender Akt, eine entwürdigende Demontage, in dem ein sadistischer Regisseur die Szene so montierte, dass ihr wiederholtes Mißlingen in Zeitlupe vor- und zurückgespult wurde. Und ich mußte hilflos zusehen, bis das Bild immer mehr vor meinen Augen verschwamm, die sich mit Tränen gefüllt hatten, die ich in meiner Erstarrung nicht wegzuwischen vermochte. Oh, les beaux jours! Wohin sind sie entschwunden? Ich spürte, wie sich die Sentimentalität meiner zu bemächtigen begann und flüchtete mich in eine ästhetische Betrachtung: Wäre dieser Speisesaal nicht das ideale Bühnenbild für jenes Stück, dessen Aufführung einmal zum Ausgangspunkt unserer Beziehung geworden war? War dieser Raum nicht Sinnbild absoluter Verlassenheit, obwohl oder gerade weil so viele

Menschen dort herumsaßen, jeder isoliert in seinem Häufchen Elend hockend, das ihm bis zur Taille oder bis zum Kinn reichte, und in dem er schließlich versinken würde? Kreatur und Existenz ohne Essenz. Mich schauderte. Ich schloß die Augen, um mich zu entspannen, den Bann zu lösen. Und dann lächelte ich und ging übertrieben schwungvoll an Dianas Tisch, beugte mich über sie, legte den Arm um ihre Schulter, tupfte mit der Serviette die mit Speichel vermischte Salatsauce aus ihren Mundwinkeln, gab ihr einen Kuß und versuchte beharrlich, den störrischen Haarkranz an ihrem Hinterkopf zu bändigen. Wir hatten noch kein Wort miteinander gewechselt, und jetzt sagte sie nur: "Laß das!"

Ich begleitete Diana auf ihr Zimmer. Auf der Resopalplatte des Sperrmülltisches, dessen Häßlichkeit noch durch ein besticktes Zierdeckchen potenziert wurde, entdeckte ich den Therapieplan für Diana. So gut wie nichts würde geschehen, sie würde ihre Tage hier verhocken, vor sich hinstarren oder nach draußen starren auf die nahe Böschung, wo sich nichts regt. Zweimal zwanzig Minuten Therapie am Tag! Lächerlich! Selbständigkeitstraining, Hirnleistungstraining. Und nicht einmal jeden Tag. Wochenenden mit geistlicher Therapie, Gottesdienste, evangelisch, katholisch: "Stehe auf und wandele!" Die verarschen uns hier. Acht lange Wochen ging das so. Dann das kurze Abschlußgespräch anhand des Entlassungsberichtes: „Die Patientin kam zu uns in einem erheblich reduzierten Allgemeinzustand (deutliche Atrophie der Muskulatur des Bewegungsapparates)...wir haben einige Fortschritte erreicht...nach acht Wochen läßt sich sagen...Grobmotorik, Feinmotorik und taktile Sensibilität verbessert ...Mobilität weiterhin unkoordiniert und stark eingeschränkt...rollstuhlpflichtig...herabgesetzte emotionale Schwingungsfähigkeit...Stimmung zum depressiven Pol verschoben...mangelnde Krankheitseinsicht...insgesamt hirnorganisches Psyychosyndrom... kognitive Fähigkeiten verbessert...zeitweilige Desorientiertheit...Selbständigkeit weiterhin stark eingeschränkt ...permanente Betreuung unerläßlich."

"Sie müssen sich im Klaren sein, daß Sie Ihre Partnerin keinen Augenblick allein lassen können , ich meine, es muß immer jemand im Haus sein ."

Ich dachte an unseren eintägigen Abenteuerurlaub vor über zwei Monaten. Was für ein Abenteuer würde jetzt beginnen?

12

Irgendwann - ich hatte weder für die Dauer meines Aufenthalts noch für den Zeitpunkt meiner Heimkehr verläßliche Anhaltspunkte - war ich einfach wieder zu Hause. Von wo war ich zurückgekehrt? Hatte ich immer im selben Zimmer gelegen? Ganz bestimmt! Immer stand ja das Bett mit dem Kopfende gegen die Wand gerückt, die eine Seite blieb ständig vergittert, an der anderen Seite war ein herunterklappbares Gitter. Michael klappte es bei seinen Besuchen sofort nach unten, um sich zu mir auf die Bettkante setzen zu können. „Raubtierfütterung!" verkündete er und packte die mitgebrachten Leckereien aus. Ich erkannte sehr wohl die verschiedenen Spezialitäten, obwohl sie alle gleich schmeckten, die Krevetten in Knoblauchöl nicht anders als das Vitello tonnato, die eingelegten Zucchini nicht anders als die Auberginen. Bevor Michael mich verließ, klappte er das Gitter wieder nach oben. Mir war es gleichgültig. Heute denke ich, ich mußte etwas von einem wunderlichen Tier in einem Zookäfig gehabt haben, von Wärtern versorgt, von Besuchern begafft . Neben dem Bett stets ein Stativ, an dem eine Infusionsflasche baumelte, auf der Fensterbank ein Stapel Zellstofftücher, Salbentuben von ungewöhnlicher Größe, Flaschen mit unangenehm riechenden Lösungen, auf dem Nachttisch das Telefon, an das ich nicht heranreichen konnte, mir gegenüber, an die Wand geheftet, der Wochenspeiseplan, den ich nicht studieren konnte; darüber, ziemlich nah der Decke, das Fernsehgerät, das ich nie bedient habe. Ich glaube Michael nicht, daß ich in vielen verschiedenen Zimmern gelegen habe, auf verschiedenen Stationen in verschiedenen Gebäuden an verschiedenen Orten. Er will mich verwirren, um mir dann einreden zu können, ich sei verwirrt. Das Pflegepersonal wechselte nie. Alle Mädchen sahen gleich nett aus, ein ganz bestimmter Typ, nein, auch hier nie ein Wechsel. Warum auch? Schließlich waren es doch nur ein paar Tage, vielleicht auch zwei, drei Wochen, die ich im Krankenhaus verbracht habe. Michael redet von Monaten. Ich gebe zu, es irritiert mich schon, daß Michaels Bad in nur wenigen Tagen völlig umgebaut worden sein soll. Für mich? Wieso hat er mein Bad so einfach in Beschlag genommen, ohne mich zu fragen? Auch steht in meinem Arbeitszimmer, dort, wo früher mein Schreibtisch stand, jetzt ein Bett, an dem man seitlich ebenfalls Gitter hochziehen kann. Was sollen in meinem Haus all die Gitter! Die Stufen ins obere Stockwerk zu meinem Schlafzimmer und meinem Bad versperrt mir ein Gitter, das am Treppenabsatz angebracht ist. Ich möchte wissen, was Michael oben alles umgeräumt hat, wo er doch mein Arbeitszimmer umgewandelt hat in ein Schlafzimmer. Habe ich denn gar nichts mehr zu sagen? Ein paar Tage, meinetwegen auch Wochen, nicht im Haus, und schon übernimmt er das Regiment, als sei dies allein sein Reich, als habe ich abgedankt, als sei ich im Exil ohne Wiederkehr verschwunden. Hat er wirklich mit meinem Exitus gerechnet? Oder bin ich gar nicht in meinem Haus? Das Badezimmer ist eingerichtet wie das Bad, in das ich noch gestern von einer diesen jungen Schwestern geschoben wurde, die ich kaum auseinander zu halten vermochte, alle der gleiche Typ, die gleiche Frisur, das gleiche muntere Lachen. Ist Michael nur zu Besuch hier? Nein, mein Lieber, du bringst mich nicht durcheinander! Dies ist nicht mein Haus. Ich höre oben doch Stimmen. Da sind noch andere Besucher, die sich mit Michael unterhalten. Ich schreibe mir das jetzt alles auf. Ich setzte ein Protokoll auf (mag meine Schrift auch noch so krakelig sein), ich werde allen minutiös darlegen, was ich wahrgenommen und gehört habe, sollte man mich eines Tages für dumm verkaufen wollen. Schon die letzte Nacht habe ich das Getrappel über mir gehört, ich habe genau gehört, daß du auf den Beinen warst, und daß du jemanden bei dir hattest. Irgendeine Frau Pierer oder Stärer war bei dir. Ich habe laut nach dir gerufen. Aber du hast mich zwischen den Gittern stecken lassen, obwohl du genau weißt, daß ich nicht laufen kann, daß ich nicht nachsehen kann, was du hinter meinem Rücken treibst. Was hast du zu verbergen? Natürlich hast du dich mit diesem hergelaufenen Weibsbild unter meinem Dach vergnügt, gib' es zu! Sicher hast du sie irgendwo aufgegabelt, während ich im Krankenhaus lag. Du hast auf meiner Bettkante gesessen, unendlich traurig drein geschaut, dir eine Träne weggewischt, und dann bist du mir entwischt, um fröhlich zu deinem Liebchen zu fahren. Unter meinem Dach habt ihr euch ein Liebesnest gebaut während meiner Abwesenheit. In meinem Schlafzimmer treibst du es mit einer anderen! Deswegen das Gitter am Treppenabsatz, jetzt verstehe ich: Zutritt nur für Liebespärchen. Die Hausfrau hat partielles Hausverbot. Das Gitter verschwindet! Das ist doch mein Haus, oder? Hier bestimme immer noch ich. Aber natürlich ist das mein Haus! Ich sehe aus dem Fenster in meinen Garten. Die steile Wand aus Büschen ist verschwunden. Das ist mein Garten. Ich kann hinübersehen zum Nachbarhaus. Schrecklich, wie der Gärtner Rasen und Beete zugerichtet hat: Barocke Kurven als säuberliche Trennlinien! Ich hasse diese Spießerästhetik, diese Ordnung ist nicht mein Stil, aber es ist mein Garten, wenigstens das. Ich bin wirklich zu Hause. Jetzt, da ich befreit bin von der Krankenhausordnung, stören mich die Gitter wie diese blöden Sinuskurven da draußen. Die Gitter müssen weg! Das verlange ich, es ist mein Recht. Noch bin ich die Herrin in meinem Haus! Und ich werde keineswegs bis zum Frühjahr damit warten. Bis sich die Natur im Garten ihr Recht verschafft, muss ich mich allerdings noch gedulden. Ich werde diese Nutte Pierer oder Stärer an die Luft setzen. Jetzt tun sie so, als ob es sie nicht gäbe! Aber ich weiß, dass sie über meinem Kopf vögeln. Entreacte. Die Stille zwischen zwei Akten. „Michael!" Ich höre ihn die Treppe hinunter kommen. Ich fahre ihm auf dem Rollstuhl entgegen. Eine Schleichfahrt auf einer Kriechspur. Mein Gott, ist das alles mühsam! Wie flott habe ich einst diese Räume durchquert! Der muntere Takt meiner Absätze auf dem Steinboden! Und jetzt jede meiner Bewegungen in Zeitlupe. Ich komme einfach nicht auf Touren. Es hapert an der Übersetzung. Sand im Getriebe. Wie ich endlich in meiner Tür erscheine, öffnet Michael gerade das Gitter am Treppenabsatz und schließt es gleich wieder hinter sich.

„Mußt du auf die Toilette?"

„Nein. Mit wem hast du gesprochen?"

„Es ist niemand außer mir da."

„Aber ich habe dich doch reden gehört."

„Der Fernseher läuft."

„Ich habe auch deine Stimme ganz genau gehört."

„Du hast dich getäuscht."

„Ich kenne doch deine Stimme. Ich habe sie genau herausgehört. Laut und deutlich."

„Hörst du die Stimmen oben?"

„Aber natürlich."

„Und ist meine Stimme darunter?"

„Natürlich nicht. Du bist ja hier unten bei mir. Für wie blöd hältst du mich?"

Ich wußte es, er hatte es darauf angelegt, mich so zu verunsichern, daß ich mich selbst für verblödet hielt. Er wollte mich eingesperrt halten und mir den Zugang nach oben verwehren. Dafür brauchte er eine Rechtfertigung, eine Rechtfertigung für die Freiheitsberaubung. Ich bin nicht mehr frei in meinem eigenen Haus. Was hatte ich getan? Was war mit mir geschehen? Wie konnte er so mit mir umgehen? Wer war er? Mein Pfleger? Mein Wärter? Ich war ihm ausgeliefert. Das erkannte ich ganz genau. Ich war doch nicht verblödet! Ich war ein bißchen krank gewesen. Nichts Schlimmes. Michael dramatisiert gleich alles, macht aus allem eine Tragödie. Ich bin zu Hause, also bin ich wieder gesund. Happyend. Schluß, aus. Alles wieder ganz normal. Gut, ich kann noch nicht laufen. Vielleicht hatte ich doch ein bißchen zu lange gelegen. Mit etwas Gymnastik wird sich das schnell wieder geben. Das weiß ich nun wirklich besser als er. Will er mich als seine Gefangene halten? Selbst nachts kommt er an mein Bett, um nachzusehen, ob ich noch da bin. Ich frage ihn, was das soll, aber er gibt keine Antwort. Und am Morgen bestreitet er, dass er im Dunkeln um mein Bett geschlichen ist. Ich hätte geträumt! Dabei liege ich die ganze Nacht wach und höre ihn im Flur herumlaufen. Ich denke, wann kommt er endlich herein, und dann steht er schließlich an meinem Bett und sagt kein Wort. Was sind das für üble Spielchen? Das ist Psychoterror. Er will mich zerstören, er will mein

Hirn zermürben, damit ich folgsam bin und die Gitter ertrage. Das ist ein schlechter Krimi, ein mieses, infames, abgekartetes Spiel. Ich soll ihm nicht in die Karten schauen können, nicht durchschauen, welche Spielchen er da oben treibt. Alles soll Sinnestäuschung sein. Er glaubt, meine Sinne täuschen zu können, aber ich bin völlig bei Sinnen. Ich bin nicht am Verblöden! Noch bin ich ganz bei Sinnen. Ich bin nicht am Verblöden!

„Michael!"

„Was ist jetzt schon wieder?"

„Schaff' die Frau aus dem Haus, sofort!"

„Diana, außer dir gibt es keine Frau im Haus."

„Ich notiere: Michael treibt sich mit einer fremden Frau in meinem Haus herum."

„Was soll das, Diana?"

„Ich schreibe alles auf, damit es nachher nicht heißt, auf mein Langzeit- oder Kurzzeitgedächtnis könne man sich nicht verlassen, ich bringe alles durcheinander."

„Wenn ich es könnte, würde ich dich Huckepack nehmen und die Treppe hinauftragen."

„Und warum versperrt mir dann dieses Gitter den Weg, wenn ich allein sowieso nicht die Treppe hinaufkomme?"

„Es ist eine Vorsichtsmaßnahme."

„Eine Vorsichtsmaßnahme?"

„Du könntest es trotz allem versuchen. Es gibt Augenblicke, wo du..."

„Wo ich so blöd bin zu glauben, ich könnte mich ans Geländer klammern, um mich nach oben zu ziehen?"

„Diana."

„Diana, Diana, Diana! Hau ab und bestell' deinem Liebchen schöne Grüße von mir!"

Es stimmte nicht, ich war nicht wieder zu Hause. Ich halte dieses Blatt auf meinem Schoß im Nirgendwo. Mir fehlt eine feste Unterlage - fürs Schreiben und überhaupt.

13

Diana rollt vom Tisch zurück, so weit die Streckung ihrer Beine es ermöglicht. Sie rührt sich nicht. Pause. Sie starrt geradeaus. Sie rollt an den Tisch heran, so weit die Beugung ihrer Knie es ihr erlaubt. Lange Pause. Sie stützt den rechten Ellenbogen auf die Rollstuhllehne, führt die Hand mit der Zigarette in einer zeitlupenhaften Bewegung zum Mund, sie hebt den Kopf, bläst den Rauch gegen die Decke. Diana scheint Regieanweisungen "unseres" Autors zu gehorchen, minutiös, präzise, unerbittlich. Ich sitze über Eck neben ihr. Ich versuche, ihren Blick einzufangen. Sie reagiert mit einem unwilligen "So beobachte mich doch nicht andauernd!"

Noch vor fünf Minuten bat sie mich, ich solle mich zu ihr hinunter beugen. Sie schlang den rechten Arm um meinen Nacken, zog mein Gesicht an sich heran und küßte mich. Und zwischen zwei Küssen sagte sie den Satz, der keiner Variation bedarf, mag er auch noch so sehr ein "Schusterfleck" (kurz gesagt: eine simpel strukturierte Melodie) sein: "Ich liebe dich." Und jetzt, fünf Minuten später, hat irgendein chemisch-physikalischer Prozeß in ihrem Hirn auf "abwesend/stur" geschaltet. Wie, verdammt noch mal, soll ich damit umgehen?! Diana stürzt mich in Wechselbäder: Gerade noch zumindest lauwarme Wohligkeit - und schon klatscht die nächste kalte Dusche alles Wohlbefinden in den Abfluß. Das hält kein Kreislauf aus! Irgendwann kollabiere ich. Ich zwinge mich zu äußerster Ruhe, absoluter Gelassenheit. Nur keine hektischen Reaktionen! Diana ist jetzt, bei aller äußeren Regungslosigkeit, eine gereizte

Raubkatze. "Diana-Kätzchen" - so hat ihr einst ein alter Freund geschmeichelt. Ach, wenn er wüßte! Ich gehorche Dianas Aufforderung, sie zum Fernsehgerät zu fahren. Sie übernimmt das Einschalten ("Das kann ich selbst!") und wählt RTL. Sie schaut sich den Werbeblock an, nicht unwillig, mürrisch, ablehnend, sie schaut sich den Werbeblock bei RTL mit vorgebeugtem Oberkörper an, den Mund halb geöffnet, die Unterlippe nach innen über die Zahnreihe gezogen, als wolle sie die Werbebotschaft in sich hineinsaugen. Diana, die in Didyma mit mir den Artemistempel bestaunt hat, Diana, die in Ephesos geboren wurde oder auf Delos, Diana, die in Syrakus, in Delphi, auf Kreta... Diana begafft den Werbeblock bei RTL. Diana begafft den Werbeblock bei RTL! In mir ist wieder dieser Aufruhr gegen all diese unfaßlichen Niederlagen. Wie ich diesen chemisch-physikalischen Prozeß hasse, den mir kein Neurologe erläutern kann. „Ach, wissen Sie, das Gehirn ist eine terra incognita. Wahrnehmung ist immer die Folge eines erwartungsgesteuerten Suchprozesses. Bestes Beispiel ist unser Sehsystem: Das Auge bewegt sich ständig auf der Suche nach etwas Interessantem." Dianas Augen auf der Suche nach etwas Interessantem im Werbeblock von RTL! "Wir tun sehr vieles aus Motiven, die uns nicht bewußt werden. Denn vieles von dem, was verarbeitet wird und nicht ins Bewusstsein gelangt, ist natürlich trotzdem wichtig für das Handeln. Deshalb erfinden wir häufig nachträglich Motive für etwas, was wir getan haben." Oh, wie ich diesen Mechanismus kenne! Diana glotzt auf den Bildschirm, der den Werbeblock von RTL flimmert, ich werde sie gleich fragen, wieso sie sich diesen Schwachsinn anschaut, und sie wird mir ein ganz unschuldiges Motiv liefern. "Wir sehen uns einem extrem dezentral organisierten System gegenüber, in dem an vielen Orten gleichzeitig visuelle, auditorische oder motorische Teilergebnisse erarbeitet werden. Und diese koordiniert das Gehirn auf geheimnisvolle Weise zu einer zusammenhängenden Deutung der Welt." Ich danke Ihnen, Herr Professor, vielen, vielen Dank. Geheimnisvoll und doch zusammenhängend, ich habe verstanden. Endlich begreife ich Dianas Hirn. Diana nimmt den Werbeblock von RTL in sich auf an vielen Orten ihres Hirns und begreift die Welt (und das heißt ja wohl alle Seinsfragen) als ein zusammenhängendes Ganzes. Entschuldigung, ich weiß natürlich, dass das simple Polemik ist. Eine Erkenntnis kann ich nachvollziehen: "Zwischen der Nervenzelle in unserer Großhirnrinde und der eines Plattwurms bestehen keine wesentlichen Unterschiede." Diana begafft den plattesten Werbeblock im plattesten Fernsehsender. Und das tut sie, weil der Wille eben nicht frei sein kann. "Der freie Wille wird von uns als Realität erlebt, und wir handeln und urteilen so, als gäbe es ihn. Aus Sicht der Naturwissenschaften aber ergibt sich die mit der Selbstwahrnehmung unvereinbare Schlussfolgerung, daß der 'Wille' nicht frei sein kann." Und unser Bewußtsein, Herr Professor? "Es ist das blinde Werk der Evolution". Schön, das ist alles andere wohl auch. Aber Ihre Kollegen haben weitestgehend den biologischen Code geknackt, wann werden Sie den neuronalen Code, nach dem Bewußtsein entsteht, knacken, und was wird uns das bringen? "Wir könnten Störungen besser identifizieren und kausale Erklärungen für gestörte Hirnfunktionen finden, zum Beispiel, warum ein Mensch Denkstörungen hat oder Depressionen." Dann mal los, machen Sie, machen Sie, holen Sie Diana weg von der Sendung eines Senders, an den sie früher nicht einmal im Traum gedacht hat! Wir müssen sie da wegholen, denn sie hat ja offensichtlich keinen freien Willen, sonst würde sie sich diesen Dreck nie und nimmer freiwillig ansehen. Dann ist sie wohl auch nicht verantwortlich für ihr Tun, wie sie mit mir umgeht, wie sie mich ignoriert, wie sie sich stattdessen diesem stinkenden Kanal zuwendet? "So ist es. Wir kämen nach meiner Überzeugung durch die Aufgabe der Vorstellung von einem freien Willen, durch die Aufgabe dieses unverbrüchlichen, aber auch mit sehr viel Selbstbewußtsein und gelegentlich Arroganz behafteten Freiheitsbegriffs wohl zu einer demütigeren, toleranteren Haltung - einer weniger rechthaberischen Attitüde, weil wir vieles relativieren müssten, auch unser eigenes apodiktisches Tun. Wir müßten uns als in die Welt geworfene Wesen betrachten, die wissen, dass sie ständig Illusionen erliegen und keine wirklich stimmigen Erklärungen über ihr Sein, ihre Herkunft und noch viel weniger über ihre Zukunft abgeben können." Das war nun wohl ganz an meine Adresse gerichtet, Herr Professor. Nun, ich werde versuchen, ein von Demut und Bescheidenheit geprägtes Lebensgefühl in mir entstehen zu lassen, ich sage dies ganz ohne Ironie, aber wie - mein Gott, so helfen Sie mir doch! - wie könnte Diana da mittun? Ich will meinem moralischen Anspruch genügen. Aber muß ich das wirklich ganz alleine packen? Kann Diana nicht wenigstens ein bißchen...?

Da schüttelte der Professor nur traurig den Kopf: "Wenn wir den Code hätten…"

14

"Eeasy" prangt in silbrigem Weiß auf dem schwarzen Segeltuch. Easy! Oh ja, wie leicht ist doch mein Leben! Easy.
Sei unbesorgt, meine Liebe! Easy. Nur keine Aufregung!
Dabei sitze ich auf keinem easy-chair, der englische Clubräume zieren mag, und ein easy-going, ein leichtlebiger
Lebenswandel also, ist mir rein physisch ganz und gar unmöglich, denn das schwarze Segeltuch ist die Rückenlehne
meines Rollstuhls. Ein hübscher Euphemismus, den sich
der Hersteller da hat einfallen lassen, um mir den Rücken
symbolisch zu stärken. Aber es hilft nichts, der aufrechte
Gang mit durchgedrücktem Kreuz ist für mich seit Jahren
Vergangenheit. Mein Leib klebt fest an diesem Stuhl, meine Bleibe den ganzen langen Tag, und dies für den Rest
meines Lebens. Das ist, was mir, was von mir geblieben
ist. Leben, Leib, bleiben - das soll ethymologisch ja alles
zusammengehören, und ich kann es bestätigen, leider.
Denn hätte ich gewußt, was übrig bleibt, wenn ich überlebe, ich wäre nicht geblieben. Lebst du noch? Du lebst ja
noch! So haben sie alle gedacht, zuerst nur heimlich, dann
haben sie es mir nach und nach erzählt: Wie ich einfach
nur dagelegen bin, sie nicht erkannt oder gleich wieder
vergessen habe. Ich erinnere mich nicht an das Durcheinander in meinem geschundenen Hirn, das nur noch untaugliches Zeug, geistigen Abfall zu produzieren vermochte, ja, ich war in Abfall meines Verstandes gekommen, wie
man den Eintritt minderer Hirnleistung früher poetisch
umschrieb. Realistisch formuliert: Ich war geschäftsunfähig. Auch dies weiß ich natürlich nur vom Hörensagen.

Und heute? Kann ich irgendwelchen Geschäften nachgehen! Zum Teufel, nein! Nicht einmal das dringendste Geschäft kann ich allein verrichten, nicht einmal dazu bekomme ich meinen verdammten Hintern hoch! Selbst dazu brauche ich den Mann, der, statt mir wie einst meinen Hintern liebkosend zu tätscheln, ihn mir jetzt abwischen muß. Scheiße, Scheiße! Ich bin fünf Jahre älter als er. Hat es nicht genügt, daß er die Spuren meines Alterns, den fortschreitenden Faltenwurf der Fettgewebe an Armen und Oberschenkeln heimlich beäugte, dieses Zerstörungswerk der Natur, dessen höhnisches Ziel es war, an meinem Körper diese verdammten Wolkenstores aus welker Haut aufzuhängen, die nicht länger mehr nebulöses Hirngespinst einer Frau sind, die ihr Älterwerden fürchtet, sondern längst gewissermaßen zum anschaulichen, denunziatorischen Inventar meines Körpers gehören, das nicht mehr zu übersehen ist, mag er, der Mann in besten Jahren, auch noch so rücksichtsvoll tun, er nähme die unappetitliche Metamorphose überhaupt nicht wahr. Hat das nicht genügt? Nein, nun auch noch die tägliche Demütigung, ihm in gebückter Stellung den Hintern hinhalten zu müssen, nicht mehr als eine der möglichen Stellungen, ihn in mich eindringen zu lassen, sondern als eine jetzt ganz und gar unmögliche Stellung, eine Zumutung für mich und ihn, mir den Kot zwischen den Pobacken von ihm wegwischen zu lassen. Scheiße, Scheiße und noch einmal Scheiße! Ich möchte wissen, was er denkt, wenn er die einst geliebte Quelle seiner Lust als Kloake erkennt. Liest er deswegen so begierig jeden Artikel über den nahen wissenschaftlichen Fortschritt, der uns Körper verheißt, die eine Kombination aus Fleisch und Maschine sein werden, verschlingt er deswegen jeden Artikel, der uns einen technischen Fortschritt verspricht, der es ermöglicht, daß die sauberen Stoffe künftige Baustoffe zumindest unserer Ersatzteile werden, ja, uns nach und nach von unserer organischen Natur erlösen und uns zu metallisch glänzenden Superwesen erheben werden, an denen das Zerstörungswerk der Natur sich die Zähne ausbeißen würde, an denen also kein Zahn der Zeit mehr zu nagen vermöchte? Dient der prophezeite Fortschritt der Besänftigung seines Ekels? Wünscht er mich als eine Maschine, die ihn nicht beständig daran erinnert, daß wir aus Leim und Kot sind? Hat er aufgehört, mich zu lieben? Easy-going. Ach, ich möchte wieder leichtlebig sein, ohne Mühe, ganz selbstverständlich aufstehen können und davonschweben, ganz weit weg, ihm aus den Augen. Ich möchte nicht mehr von ihm gesehen werden als die, die ich nicht bin. Denn wie ich dasitze, das bin nicht ich.

15

Irgendwann war ich Dianas Vorhaltungen leid, ich habe ja keine Ahnung, was es bedeute, auf den Rollstuhl gesetzt zu werden, verurteilt zu sein, dort Stunden auszuharren, ganz gleich was man empfindet, mögen die Füße noch so brennen (burning feet), es gibt kein Entfliehen, das ist, als säße man auf dem elektrischen Stuhl, nein, dies hier sei viel schlimmer, denn hier sei noch lange nicht alles vorbei, und die kurze Nachtruhe im Bett bedeute nur einen Aufschub von einem Tag zum andern, wer weiß, wie lange das noch so weitergeht, und jeden Morgen die selbe Prozedur, die Verfrachtung auf diesen verdammten Sitz, lebenslänglich, eine ewige Verdammnis, denn so festzusitzen, ist Höllenpein! Diana war von Natur aus nicht larmoyant, sie klagte selten und dann auch nur sehr verhalten, sie machte aus ihrem Handicap wahrhaftig kein Drama, und ich hatte allen Grund, ihrer fatalen Lage mit größtem Verständnis zu begegnen, aber ich fand es besser, dieses Verständnis nicht dauernd zu bekunden, um nicht gemeinsam mit ihr einer Trostlosigkeit zu erliegen, wo in Wahrheit noch Hoffnung war, wenn sie sich selbst tröstete, indem sie mehr auf Trauen und Zuversicht setzte. Nein, sie war nicht larmoyant, aber in gewisser Weise verzagt, und dies ganz im Gegensatz zu dem Naturell, das sie auszeichnete, bevor ihr die Natur diesen bösen Streich gespielt hatte. Das wollte ich wissen: Ist solch ein Einschnitt ein brutales Geschehen, das die völlige Abtrennung von einem Teil der eigenen Natur bewirkt, das damit unwiederbringlich verloren ist, wodurch ein Wesen ein wesentliches Element verliert und als wesensverändert erscheint? Ich glaubte, ihre Situation bis zu einem gewissen Grad nachempfinden zu können. Aber wie man das Blindsein eines anderen vielleicht nur dadurch begreifen kann, indem man sich ein Tuch vor die Augen bindet und einmal versucht, sich so in der vertrauten Umgebung zurechtzufinden, wollte ich einen Tag lang mich auf den Rollstuhl bannen, um ihre Empfindungen körperlich zu erfassen. Sie war mit ihrer Pflegerin zu einer Ausstellung gefahren, ich war den ganzen Tag allein im Haus, das war eine gute Gelegenheit, den Ersatzrollstuhl aus dem Keller zu holen und mit einem Experiment mich in ihrer Rolle vorzuführen und selbstkritisch zu beobachten. Anfangs nahm ich alle Beschränkungen auf mich, achtete sehr genau darauf, mir keine Aktionen zu erlauben, die ihr nicht möglich wären. Ich blieb am Wohnzimmertisch sitzen und las die Zeitungen. Dann wollte ich zu Zigarettenpäckchen und Aschenbecher rollen. Halt! Dazu würde sie schon meine Hilfe brauchen. Ich rührte mich also nicht von der Stelle und schaute stattdessen, um mich irgendwie zu beschäftigen, hinaus in den Garten. Ich begann die Rosenblüten zu zählen, dann die Vögel, die sich auf der Antenne auf des Nachbars Haus niedergelassen hatten; schließlich versuchte ich, die Nüsse an dem Baum zu zählen, der eine überreiche Ernte versprach. Ich griff wieder zur Zeitung und las die Artikel, die mich nicht interessierten. Jetzt hätte ich gerne eine Tasse Kaffee getrunken. Und es war noch keine halbe Stunde meines Experiments vergangen! Das ist doch albern, das Nichtstun als zwanghafte Aktion ohne Erkenntniswert, ich mache mich lächerlich. Zumindest dürfte ich doch meine Beine benutzen, um sitzend zu gehen, das heißt mit kleinen Vorwärtsschritten den Rollstuhl ins Rollen zu bringen, das würde mein Experiment so grundsätzlich nicht verändern.

Du mogelst! Stillgesessen und reglos ausgeharrt! Ich bin ein Narr, besessen von einem unvernünftigen Plan, mit dem die Realität, ihre Realität, nicht zu umreißen ist, ein Reißbrettversuch, der mir nicht einmal in Umrissen ihre Situation verdeutlichen kann. Ich spürte sehr wohl, daß diese Gedanken ein Fluchtmanöver waren, mich aus der von mir selbst inszenierten Zwangslage zu befreien. Und ich spürte, wie meine Füße zu kribbeln begannen, sie brannten darauf, davonzulaufen. Burning feet! Aber Füße vermögen nicht, sich selbst zu entkommen. Der Kribbel stieg in mir hoch, kitzelte unangenehm die Magengrube, so sehr ich auch mit dem Zwerchfell dagegen anpreßte. Ich versuchte es wieder mit Zählen, mich von diesen Mißempfindungen abzulenken. Rosenblüten, Vögel, Nüsse. Und kein Kaffee und keine Zigarette. Du bist total hilflos, total ausgeliefert. Du sitzt hier fest wie in einem festsitzenden Fahrstuhl. Nun werde ja nicht hysterisch! Ich versuchte, unablässig mein Gewicht zu verlagern, und begann, mich gewissermaßen in diesem verdammten Stuhl herumzuwälzen. Siehst du, mein Lieber, nun bekommst du so langsam eine Vorstellung davon, wie es ihr geht, tagaus, tagein, ohne Hoffnung, daß dies einmal noch zu Lebzeiten ende. Ich halte das nicht länger aus! Aber, mein Freund, es ist noch nicht einmal eine Stunde vergangen, du wirst dich doch nicht so schnell geschlagen geben! Es ist mir egal, ob ich dieses Experiment bestehe oder nicht, es hat für mich keine Bedeutung, schließlich kann ich jederzeit selbst zu mir sagen: Steh' auf und wandle! Ich kann gehen, wann ich will. Weißt du, was du bist? Ein trauriges Nervenbündel, gepackt von einer Angstneurose. Neurotisch ist mein Spleen, mich selbst auf dieses Eiland auf vier Rädern zu verbannen, um mich einer dubiosen Selbsterfahrung auszusetzen, das hat mit meiner wahren Existenz doch überhaupt nichts zu tun! Eine alberne Spielerei, ähnlich jenem Psychokram, dem sich Manager aussetzen, um angeblich ein größeres Verständnis für ihre Umgebung zu gewinnen. Nein, was ich hier treibe, ist masochistischer Unfug! Mit solchen Exerzitien helfe ich weder mir noch Diana. Eine Kinderei! Wenn es nur eine harmlose Kinderei ist, dann halte durch, du wirst doch noch bestehen, was kinderleicht ist! Der Kribbel ist durch den Magen zum Kreuz gekrochen und von dort den ganzen Rücken hinauf, und jetzt ist es auch nicht mehr bloß ein Kribbel, sondern ein Nadelstechen, das jede Pore der schweißnassen Haut punktiert. Ich gestehe, ich bin in Panik. Ich sitze gewissermaßen im Freien, umgeben von dem mir ganz und gar vertrauten Raum, und doch hat mich die Klaue der Klaustrophobie gepackt, sich in meinen Rücken gekrallt, mein Herz will davon galoppieren, aber vor dieser unsichtbaren und unbeschreibbaren Macht gibt es kein Entrinnen. Steh' auf, lauf weg, du kannst es! Du bist nicht Diana, du kannst es! Sie ist die Jägerin, die mich jagt, ihre Hunde gegen mich hetzt, daß ich erstarre, kein Fluchtweg, kein Entrinnen. Ich sitze wie gelähmt, ich sitze wie - Diana. Nun weißt du es!

Nun weiß ich, erschöpft wie ich bin, was Diana leidet. Sie ist tapferer als ich, sie ist beherrscht, beherrscht sich selbst, ist kein solcher Neurotiker wie ich, der die Fassung verliert in einem harmlosen Selbstversuch. Ich habe allen Grund sie zu bewundern und Geduld mit ihr zu haben. Sie hatte ja Recht, mir meine Ahnungslosigkeit vorzuhalten. Sie verdient meine ganze Sympathie, mein Mitleiden, denn ihr Leiden übertrifft denn doch wohl meine harmlosen Mißempfindungen, die ich mir selbstquälerisch zugefügt hatte, eine kurze Folter, wohingegen dieser Folterstuhl ein Teil ihres Körpers geworden ist, ja, dieser Stuhl ist eine Art

Schlinggewächs, das sie umklammert hält, und eine Befreiung führte nur zu ihrem Sturz. Ich aber stehe jetzt auf mit dem triumphalen Ruck eines Entfesselungskünstlers. Es ist meine Pflicht, sie ihre Fesseln vergessen zu machen.

16

Michaels Dünkel, seine Überheblichkeit, seine Selbstherr-
lichkeit! Ich sitze mit dem Ergotherapeuten vor dem Lap-
top und quäle mich, eine Gerade in fünf gleiche Abschnitte
zu unterteilen, ich mühe mich, innerhalb einer Ellipse die
beiden Brennpunkte zu markieren, ich versuche, bei einem
vorgegebenen Pfeil, der Norden anzeigt, die Süd-Ost-
Richtung zu markieren. Michael interveniert, korrigiert,
nimmt die Ergebnisse ständig vorweg, er weiß schon immer alles, und er weiß es vor allem besser. Nie kann er
seinen Mund halten. Warum hat er nie selbst inszeniert,
der präpotente Kritiker, der Klugscheißer, der Alleskön-
ner? Spielt sich vor mir auf als der souverän Überlegene,
erniedrigt mich zur Anfängerin, die nicht einmal das Kleine Einmaleins beherrscht, versucht, gegen mich zu punkten, als ob wir im Wettbewerb zueinander stünden. Der
Esel! Tritt gegen die Löwin, die am Boden liegt. Oh, Michael, wie billig, wie billig! Michael, der Eunuch als Kritiker, kann endlich seine Potenz beweisen. Weißt du eigentlich, wie armselig du bist, daß du dich an mir Armseligen
messen mußt, um dir ein bißchen Geltung zu verschaffen?
Wirst du etwa dadurch bedeutender, indem du meine Unzulänglichkeiten, mein Versagen bloßstellst? Täglich for-
mulierst du deine Verrisse: Diana, dir fehlt die Übersicht,
Diana, du hast das nicht kapiert, Diana, da liegst du falsch.
Du demütigst mich, indem du mir kein vernünftiges Urteil
mehr zugestehst. Was, zum Teufel, hast du davon? Willst
du dir ein Alibi verschaffen, eine Rechtfertigung, dich
nach anderswo zu verdrücken, weg vom Ort des mißli-

chen Geschehens, wo du nichts mehr mit mir zu tun hast, wo du sagen kannst, das alles gehe dich nichts mehr an? Hast du Angst, du seist selbst entwertet in Gegenwart einer Minderwertigen? Wie kann man es mit dieser Frau noch aushalten? Die ist doch keine adäquate Partnerin! Was kannst du mit ihr noch bereden, diskutieren? Inwiefern ist sie noch ebenbürtige Kontrahentin, dich zu fordern? Du verkümmerst an ihrer Seite, du schmorst in deinem eigenen Saft, alles, was du sagst, ist fruchtlos, du bist ein einsamer Wichser, nichts kommt dabei heraus, dir mangelt es an Resonanz und Publizität. Was dir geblieben ist: In einem Schmollwinkel zu hocken und deine Brillanz verkümmern zu lassen. Denn du könntest ja so großartig sein, hättest du nur die rechte Partnerin. Ich bin schuld, an allem schuld, selbst an deiner intellektuellen Misere, nicht wahr? Nun geilst du dich daran auf, ein Fünftel besser bestimmen zu können als ich, einen Brennpunkt zielgenauer zu markieren und Südost präziser zu bestimmen. Das ist deine grandiose Ersatzbefriedigung! Oh, wie billig, Michael, wie billig! Wer warst du denn, als wir uns kennenlernten? Der Prinz, der einem Aschenputtel ein Königreich zu Füßen legte? Der Überflieger, der mir erst einmal erklären mußte, was Fliegen überhaupt heißt? Der Erlöser, der mich aus meiner selbstverschuldeten Unmündigkeit herausführen mußte? Der große Zampano, der mir den Weg zum Erfolg wies? Der strahlende Held, der mir den Gürtel der Keuschheit löste, mich in den Taumel der Lust zu versetzen? Ohne dich war ich doch nichts, nicht wahr? Oder war es doch vielleicht ganz anders? War nicht ich es, die dich damit versöhnen mußte, nur ein Kritiker zu sein? War nicht ich es, die dir Selbstbewußtsein und Einverständnis mit dir selbst gab? War nicht ich es, die dich ermunterte, dich nicht mit faulen Kompromissen zu verraten? War nicht ich es, die glücklich in deinen Armen war und mit diesem Glück dein Selbstvertrauen bestärkte? Jetzt bin ich schwach. Mißbrauche meine Schwäche nicht, in Überheblichkeit zu verfallen! Ich bewundere deine Stärke, ich anerkenne, wie du unser Leben meisterst, ja, du bist der Meister, du hast unser Leben in der Hand, aber ein Meister muß auch sich selbst bezwingen, wenn er der Zwänge Herr sein möchte. Und ein wahrer Meister erniedrigt nicht seine Gesellin, die von ihm abhängig ist. Ich ertrage deine Gesellschaft nicht, wenn du mich zum Lehrmädchen machst. Ich weiß, daß ich vieles erst wieder lernen muß, ich kenne selbst meine Unzulänglichkeiten, und ich leide darunter. Warum ohrfeigst du mich mit deinen Sottisen? Wozu die Sticheleien? Hat dein kritisches Stochern in offenen Wunden je etwas bewirkt? Ist je eine Inszenierung geändert worden aufgrund deiner kritischen Anmerkungen? In deinem Sinn verbessert worden? Und mich glaubst du mit deinen Nörgeleien zu einer Änderung meines Verhaltens drängen zu können? Vielleicht bin ich ja sogar einsichtig, aber schaffe es einfach nicht, deine Vorschläge zu realisieren. Ich kenne doch selbst meine Defizite ganz genau. Aber wie soll ich meinen Alltag uminszenieren, wenn du mir keine Zeit zum Proben läßt und das Unzulängliche gleich unwillig rezensierst? Ich habe vieles einfach nicht mehr im Griff, ich sehe selbst, was besser zu machen wäre, aber mir fehlen ganz einfach die technischen Möglichkeiten. Und wenn du dann nur räsonierst, werde ich bockig, wie die von dir kritisierten Regisseure. Glaubst du, der sarkastische Verriß motiviere zur selbstkritischen Überprüfung? Manchmal hatte ich den Eindruck, eine miserable Inszenierung errege dich mehr als ein gelungener Abend. Lust am Haß. Ja, es sind viele, die mit mir glauben, daß du das Theater von Herzen haßt. Masochistische Lust an einem verdorbenen Abend. Dein Triumph, dich über das nicht Gelungene erheben zu können. Deine glänzende, selbstverliebte, pointenreiche Selbsterhebung über eine Niederlage. Dein Sieg über einen heimlichen Rivalen. Das alles erkenne ich jetzt auch in deinem Verhalten mir gegenüber. Michael, der so gerne ein Cherub wäre, um mit flammendem Schwert vor der Tür zum Paradies zu stehen, jeden daran zu hindern, dort einzutreten, wo er selbst keinen Platz gefunden hat. Dabei könnten wir beide gemeinsam durchaus noch in einem Paradiesgärtlein (du weißt, wie sehr ich das Bild immer geliebt habe) leben, wenn du mir das Leben nicht zur Hölle machtest mit deiner Selbstgerechtigkeit und Rechthaberei. Bedeutet denn jeder meiner kleinen Irrtümer gleich ein Verfehlen unseres gemeinsamen Ziels, trotz allem uns irgendwie zurechtzufinden. Droht denn das Chaos, das ich mit Zeitungen und Briefen, mit Notizbüchern und Zigarettenschachteln auf dem Tisch anrichte, gleich unser ganzes Leben zu verschlingen? Bedeuten die Termine, die ich falsch notiere, das Ende für unsere Lebensplanung? Löst sich mit einer Zigarette über das zugestandene Kontingent gleich unser ganzes Leben in Rauch auf? Ertrinkt in einem Glas Wein über das vereinbarte Maß gleich unsere ganze Existenz? Lappalien, Michael, Lappalien! Du kritisierst einen Schwank mit den Maßstäben, die für ein Drama gelten mögen. Und das macht unser Leben schwer. Ach, Michael, du solltest Thomas heißen, so kleinlich, kleinmütig und kleingläubig wie du bist!

17

Ich gäbe ihr jeden Tag zu verstehen, sie sei am Verblöden! Schlimmer noch, ich sage ihr auf den Kopf zu, sie sei verblödet! Das ist nicht wahr, so ist es nicht wahr! Diana beweist - nicht jeden Tag, aber doch in guten Stunden, die nach einigen Wochen in ihrer gewohnten Umgebung so selten nicht mehr sind - ihren alten Witz, ihre Lust am Wortspiel, ihren Spaß an pfiffiger Neckerei. Ich gebe ihr unfreiwillig eine Steilvorlage, und sie verwandelt sie sicher in einen Treffer. Alle lachen, sicher auch ein Lachen der Erleichterung: Ihr Hirn erholt sich, sind wir froh, daß sie schon wieder frotzeln kann. Auch ich bin darüber froh, obwohl ich die Zielscheibe ihrer Frotzeleien bin. Das ist nicht das Problem, schlimm sind die aggressiven Anwandlungen, ihr Drang, die Flucht in die Öffentlichkeit anzutreten, mithin einen Angriff zu führen, der mich ziemlich wehrlos macht, denn wie soll ich sie durch mein verbales Parieren öffentlich in die Flucht schlagen, ohne damit die Öffentlichkeit zu verdrießen? Das eben ist die subtile Infamie: Sich beim Dreinschlagen unter den Schutz der Freunde zu stellen, die meine Verteidigung als ungehörige Attacke abwehrten, womöglich mit einem Rückzug aus unserer unerfreulichen Gesellschaft, was mir schon mehrfach angedroht worden war. Also war ich bei solchen Gelegenheiten nicht nur ziemlich, sondern völlig wehrlos. Nein, Diana war nicht blöd, sie war unberechenbar. Ich weiß nicht, ob ein Wetterumschwung, eine Mondphase, eine neuropathische Mißempfindung oder sonst was Auslöser ihrer Attacken waren. Ich solle mich doch nicht über

Peanuts aufregen, das war der einzige Rat, den Profis und Laien mir zu geben vermochten. Nun, das kann man lernen. Eine belanglose Inszenierung hat mich nie aufgeregt, sie war keinen Verriß wert, und ich wußte, daß eine belanglose Kritik für die Verantwortlichen die Höchststrafe war. Also Dianas, wenn auch aggressiven, so doch substanzarmen Darbietungen gleichgültig begegnen? Logik, Arithmetik, belegte Daten, erwiesene Fakten beiseite lassen, notfalls außer Kraft setzen, nur damit Friede herrsche? So einfach lagen die Dinge nicht. Hinter Dianas Attacken steckte als Motiv ihr unbändiges Autonomiestreben. Und dieses Autonomiestreben inszenierte sie als einen störrischen Akt. Lieber bepißte sie sich, als meiner Empfehlung eines Toilettengangs Folge zu leisten. Die unweigerliche Selbstbepissung fünf Minuten später empfand sie natürlich als eine Selbsterniedrigung und zugleich Selbstbestrafung, für die ich allerdings verantwortlich war, weil ich ihr zuvor die Selbstbestimmung versagt hatte, und sei dies nur dadurch, daß ich ihr mit einem richtigen Vorschlag zuvorgekommen war. Vielleicht war ich dabei nicht immer diskret genug, vielleicht hätte ich rhetorisch geschickter formulieren sollen. Aber ich bin mir ziemlich sicher, daß ich alles versucht habe - von der offen formulierten Frage über die liebevolle Empfehlung bis zur bestimmten Anweisung. Der Frage wird mit einem barschen "Nein" begegnet, die Empfehlung mit einem "Ich weiß schon selber..." zurückgewiesen, die Anweisung mit einem "Jetzt darf ich nicht einmal mehr selbst..." als Verdammung in die Unmündigkeit beklagt. Irgendwann resigniert man, der eigene Frust eskaliert, und der unbeherrschte Ausbruch setzt einen ins Unrecht. Du wirst schuldig, weil du objektiv der Stärkere bist. Wie schwer es ist, auf seine Stärke zu verzichten, wie schwer, der Vernünftigere, der

Geduldigere, der Beherrschtere zu sein! Am Ende bist du ganz schwach aus Verzicht auf deine unverdiente Stärke. Wer schenkte mir das rechte Maß? Kein Freund, kein Therapeut, und schon gar nicht der liebe Gott. Nie zuvor fühlte ich mich so im Stich gelassen. Ich hatte Schiß vor meiner Zukunft und Diana gegenüber war ich zum Angstbeißer geworden. Herrgott, Leute, so kritisiert mich doch! Ich bin ja bereit, die Inszenierung unseres unwürdigen Spiels zu überdenken und zu überarbeiten. Aber ich höre weder Bravorufe noch Buhgeschrei. Ihr laßt mich einfach hängen. Dianas und mein Stück findet ihr letztlich belanglos, es dauert einfach schon zu lang, es hat Längen. Aber wie sollten unsere Striche aussehen? Könnt ihr mir das sagen? Dieses Stück quält sich nun einmal dahin, mit verblüffenden Wendungen können wir nicht dienen. Und ich habe die Katastrophen satt, unendlich satt. Nein, tausendmal lieber der tägliche Kleinkrieg als der radikale Strich, der alles auslöschte! Sucht eure Skandälchen wo anders, wir haben nur unser alltägliches Leid zu bieten, das ihr leid seid! Mich irritierten nicht die Peanuts, an denen hatte ich letztlich nicht zu knacken. Mich sorgten diese kleinen Fehleinschätzungen Dianas als Vorboten, als Vorbeben, die eine mögliche große Erschütterung ankündigten. Als Außenstehender, der ich in rechtlicher Hinsicht nun einmal war, mußte ich mich in ihre Belange einmischen, so unangenehm dies auch sein mochte. Die Preisgabe meiner legitimen Interessen hätte schließlich meine Selbstaufgabe bedeuten können. Ich saß da in einer verteufelten Zwickmühle. Selbstlosigkeit konnte eine Falle sein, aus der einem kein Mensch heraushilft. Die Pierers und Stärers, selbst wenn sie gute Freunde sein mögen, schauen irgendwann nur noch kurz vorbei, registrieren die Zwangslage, kommentieren sie knapp, der übliche Quatsch, und ziehen von dannen. Der übliche Quatsch übersah, daß es für mich eigentlich nur Flüchten oder Standhalten gab, daß mit meinem Entkommen Dianas Gefangenschaft in einem Heim unausweichlich geworden wäre, daß mein Ausharren jedoch Haft für mich unter ungewissen Bedingungen bedeutete. Die ungewissen Bedingungen zu klären, wäre mit Dianas Sache gewesen, aber sie war mir kein guter, nein, leider ein völlig unengagierter Anwalt. Sie vertrat mit ihrem Autonomiestreben nur ihre eigene Sache und vergaß dabei, daß ihre Selbständigkeit nur mit meiner Unterstützung für sie zu erreichen war, und sie negierte ganz einfach, daß das Streben nach selbstverantwortlicher Unabhängigkeit nicht von der Verantwortung für andere entbindet, sondern vielleicht gerade dazu besonders verpflichtet. Sie aber in die Pflicht zu nehmen, war für mich eine peinliche Streitsache, in der ich höchst ungern mein eigener Anwalt war, zu schnell konnte der Verdacht auftauchen, es reduziere sich wieder einmal alles auf die ökonomische Frage. Meine Zurückhaltung , die als Zeichen für aufopfernde Selbstlosigkeit und Edelmut galt ("Für uns alle trägst du unsichtbar einen Heiligenschein" sagten die Freunde), führte dazu, daß sich Diana mir gegenüber sehr zurückhaltend zeigte, wenn ich sie bat, doch auch meine Situation einmal zu bedenken. Die kleinen Streitereien, die sich zu einem Dauerzwist aneinander reihten, waren Ausdruck für ein ungelöstes Grundproblem, und meine Unnachgiebigkeit in letztlich unwichtigen Dingen, war nichts anderes als törichte Kompensation für meine mangelnde Entschiedenheit in grundsätzlichen Fragen, denen ich feig aus dem Weg ging, um meinen Heiligenschein nicht zu verlieren. Besser, ich wäre zumindest ein kleiner Teufel gewesen - der Weg zum Himmel ist mit Wohltaten gepflastert, die dem Wohltäter offenkundig selbst keineswegs wohl tun. Vergelt's Gott! Es zahlt sich nicht aus, moralisch über seine Verhältnisse leben zu wollen. Der Heiligenschein trügt. Irgendwann werde ich mich selbst wohl fragen, wie blöd ich eigentlich war. Und die Pierers und Stärers, die sich längst aus dem Staub gemacht haben, werden triumphieren: "Das war wohl vorauszusehen. Sie war doch längst kaputt. Mußte er sich deswegen auch noch kaputt machen? Ich hätte sie längst losgelassen, fallen mußte sie ja doch, so oder so."

Ich ahnte einen handfesten Konflikt, an dem ich mich vorbeizumogeln wünschte...

18

Wir erlaubten uns in meiner Praxis einen makabren Scherz: Zu Beginn eines jeden Quartals schlossen wir Wetten ab, welche unserer Patienten das Quartalsende nicht mehr erleben würden. Hätten wir die Namen unserer Kandidaten publik gemacht, dann würden die meisten von ihnen über unseren Scherz am herzlichsten gelacht haben, denn unsere Prognosen hatten kaum die Trefferquote, die man mit einer guten Quart erzielen mag, nein, wir lagen in der Regel ziemlich daneben. Ich weiß nicht, wie viele Wetten im Kreis meiner verschiedenen Ärzte und Therapeuten und in unserem Freundeskreis auf mein mögliches Überleben (will sagen: auf mein wahrscheinliches Sterben) abgeschlossen wurden, jedenfalls erfuhr ich später aus mancher Äußerung, daß ich als sichere Todeskandidatin gegolten hatte: "Vor gut einem Jahr hörte ich durchs Telefon deine Stimme, und sie klang so, als würde sie spätestens in vier Wochen erstorben sein - für immer." Aber siehe da, der Wecker in Gestalt einer Pflegerin mit entsprechend hoher Stimme, deren Muntermacher-Elan nicht zu stoppen war, schrillte jeden Morgen aufs Neue, und das grelle Licht über meinem Bett erstrahlte täglich neu. Ich blinzelte gegen den gleißenden Terror an und erblickte jedes Mal als erstes die Silhouette des Galgens, der über meinem Oberkörper ragte, so daß ich nach der herabhängenden Gurtschlinge greifen konnte. Diese Vorrichtung empfand ich ähnlich makaber wie unseren Scherz: Auch hier war beides denkbar: Überleben und baldiger Tod. Ich konnte mich an diesem Ding festhalten, um mich so in den neuen Tag hinaufzuziehen und mein trostloses Tagewerkeln zu beginnen, ich konnte mir aber auch die Schlinge über den Kopf ziehen und mich dann zurückfallen lassen, um dem öden Tag ein für alle Mal zu entkommen. Oh ja, ich hatte darum gebeten, die Schlinge doch etwas weiter zu machen, damit sie dichter über mir hinge, aber dabei hing ich ganz anderen Gedanken nach. Mit einer befreundeten Kollegin hatte ich den folgenden Pakt geschlossen: Wenn eine von uns beiden merkt, dass die andere am Verblöden ist, dann macht sie dem üblen Spuk mit einem Schlag auf den Kopf ein Ende. Natürlich hatte jede von uns gefeixt: Aber ich schlage zuerst. Und natürlich hatte ich gedacht, es müsse mit dem Teufel zugehen, wenn es mich einmal so erwischen sollte. Ich dachte damals mehr an Kasperletheater als an ein reales Geschehen. Die unkoordinierten Bewegungen der armen Teufel, ihr Gezappel, ihre Verrenkungen und ihre in einem bestimmten Affekt erstarrten Gesichter erinnerten mich an die Puppenspiele aus Kindertagen. Das war die Art von Humor, mit dem ich den Schrecken begegnete. Und insofern waren auch unsere Wetten Teil eines Kasperle-theaters: Wird's den Teufel, die Großmutter, den Räuber oder den Schutzmann erwischen? Bautz, perdautz! da liegt halt einer auf der Nase, ab in die Rappelkiste. Na, und wer weiß, vielleicht berappelt er sich doch noch einmal, springt aus der Kiste und überlebt uns noch alle. Das war jetzt meine eigene Hoffnung. Nicht immer, nicht jeden Tag. Die Gurtschlinge am Galgen bot zwei Alternativen. Es war gut zu wissen, daß ich auf den kollegialen Schlag über den Schädel verzichten konnte. Zudem weiß ich aus einer zu-verlässigen Statistik, daß Ärzte, so sie den Freitod wählen, sich mehrheitlich erhängen, da dies die schnellste und sicherste Methode sei, den hippokratischen Eid sich selbst gegenüber zu brechen, brachial, endgültig. Ich bin nicht der Typ, der mit Selbstmordgedanken kokettiert. Da hört das Herumgekaspere bei mir auf. Der Freitod war für mich eine ganz und gar ernste Option. Irgendwann hatte mir Michael aus einem Programmheftaufsatz vorgelesen, in dem ein früher Anatom zitiert wurde: Daß ein menschlicher Körper so schlecht sei wie der andere, banale Physik ohne ein bißchen Metaphysik, wogegen Michael mächtig protestierte. Mir aber gefiel die Einsicht dieses frühen Anatomen: „Begleiten Sie mich in die Anatomie. Werfen Sie einen Blick in Ihre verstorbene Mutter. Schauen Sie hinein, wo Sie herausgekommen sind. Suchen Sie nach dem Geheimnis, an das Sie noch zu glauben scheinen. Da ist nichts, was weiter wirkt. Sie sind allein, ganz allein." Und dann geriet dieser Anatom von seinem Beruf ins Schwärmen, ich erinnere mich gut: „Es hat etwas durchaus Ästhetisches, mein Tun. Ich bin auch ein wenig Künstler, Zergliederungskünstler in unserem anatomischen Theater. Die Komposition des Materials der Organe, das ist die Partitur, die ich studiere." Mir fallen diese Sätze auch deswegen ein, weil sie in unseren Tagen noch moderner klingen, da täglich ein Teil der Partitur des Lebens entschlüsselt wird. Noch ein Bild kehrt zurück, das mir schon damals ganz besonders gut gefiel:"Öffnen wir die Schädeldecke, so sehen wir eine weiche, weiße Masse, in Windungen gelegt wie der Darm." Ich fand es höchst beschissen, zu verblöden. Ich sah meine Hirnwindungen sich mit Scheiße füllen. Und ich dachte: Wenn du so lange zögerst und dich in Zweifeln windest, bis du nicht mehr über dein Hirn nachzudenken vermagst, dann wirst du ohne Zweifel den Augenblick verpaßt haben, wo du noch über dein Weiterleben oder Sterben selbst bestimmen konntest. Meine Zweifel bezogen sich zunächst auf technische Fragen:

Würde ich mich an dem Gurt hochziehen und festhalten können und gleichzeitig meinen Kopf in die Schlinge bekommen? Dies schien mir doch ziemlich aussichtslos. Es gab eine elegantere Lösung, die aber unschön enden konnte: Ich würde das Kopfende meines Betts per Knopfdruck nach oben fahren, seelenruhig mit beiden Händen die Schlinge um den Hals legen, um mich dann per Knopfdruck zur Hölle zu befördern, weniger in Form eines Höllensturzes mit einem kurzen "Knack" am Ende als einer höchst unberechenbaren Höllenfahrt mit schier endlosem Geröchel und Gewürge. Ich kokettiere nicht, ich habe mir dies alles ganz präzise vorgestellt als ganz reale Möglichkeit, ich war mir sicher, der Elektromotor würde verläßlich seine unbarmherzige Stärke beweisen. Ich gestehe, daß meine eigentlichen Zweifel vor allem ästhetischer Natur waren: Konnte ich Michael zumuten, mir meinen blau angelaufenen Kopf aus der Schlinge ziehen zu müssen? Genau betrachtet, war dies ein törichter, eitler Gedanke, denn das Bild, das ich ihm jetzt schon bot, war kaum mehr geeignet, mich in guter Erinnerung zu behalten. Weißt du eigentlich, Michael, daß du selbst immer besser aussiehst, je älter du wirst? Jedenfalls höre ich das von meinen Freundinnen. Nicht, daß man dich früher für unattraktiv gehalten hätte, aber bezüglich des Aussehens rangierte ich immer ein bißchen vor dir. Der Vorsprung ist dahin, jetzt hinke ich dir in allem hinterher. Ich glaube, du profitierst von meinem verwüsteten Aussehen, der Kontrast hebt das Niveau deines Anblicks. Du wirst auf deine alten Tage noch begehrenswert, aber nur, weil die Damen Pierer und Stärer sich nicht vorstellen können, was du noch an mir haben solltest. Das frage ich mich auch. Gib's zu, ich bin dir doch nur noch im Weg! Ich liege oder hocke als sperrige Last zwischen dir und den jungen Witwen. Sie umflattern dich schon, aber noch schrecken sie vor mir, der Vogelscheuche, zurück, die deinen Samen beschützt. Natürlich lauern sie darauf, daß du die Vogelscheuche losläßt, weil sie wissen, daß ich dann umfalle, tot umfalle. Diana, die doch immer diejenigen so bewundert hat, die ihrem würdelosen Dasein selbst ein Ende bereiteten, Diana, die solche Angst vor einem Scheinleben hat, Diana, der vor ihrem Ende als einem elenden Verenden schaudert, warum bringt sie sich nicht rechtzeitig um? Ich bekenne mich schuldig dafür, daß ich die Tat noch nicht vollbracht habe. Aber immerhin denke ich schon intensiv darüber nach. Ich habe in dem Sanitätshaus angerufen, das das Pflegebett geliefert hat: Was passiert, wenn das Kopfende während des Ablassens irgendwie blockiert würde? - Dann wird der Elektromotor überlastet und es kommt womöglich zu einem Kurzschluß. Meine Damen, Sie sehen, es ist gar nicht so einfach, sich umzubringen, wenn man eh schon um so manches gebracht ist. Freitod! Dazu muß man nicht nur im Kopf frei sein, dazu bedarf es einer ganzen Reihe banaler Selbstverständlichkeiten, und wenn man über diese nicht mehr verfügt, dann sitzt man gefangen im Leben. Das sind keine Ausreden! Wer hilft mir denn, mich in den Tod zu befreien? Michael hätte die beste Chance, mir dabei zu helfen, er brauchte nur ganz einfach wegzugehen, er brauchte mich nur endlich loszulassen, und schon fiele ich tot um. Kein Mensch würde es ihm verübeln, er würde nicht als Übeltäter dastehen, keinerlei Strafe würde ihn erwarten, im Gegenteil, wäre er ein fixer Junge, so wäre dies seine Chance. Aber Michael ist feig. Noch immer klammert er sich an mich, als wäre mein Sterben sein Untergang. Dabei weiß ich, daß seine Freunde Wetten schließen auf meine Kosten zu seinen Gunsten: Wetten, daß du da wieder raus kommst, wetten, daß du Diana überlebst, wetten, daß das Leben für dich weitergeht? Ich wette heimlich mit, ich wette darauf, er hält die Geschichte mit mir nicht durch. Sie muß ein Ende haben, so oder so.

19

„Große Morgentoilette. Medizinische Einreibungen. Erweiterte Hilfe/Unterstützung bei Ausscheidungen. Einlauf/Klistier. Zubereitung einer Hauptmahlzeit. Zubereitung einer sonstigen Mahlzeit. Hilfe bei der Nahrungsaufnahme. Medikamentengabe. Vorratseinkauf. Wechseln der Bettwäsche. Waschen/Pflege der Wäsche und Kleidung. Reinigen der Wohnung. Große Abendtoilette. Dekubitusversorgung. Spezielle Lagerung im Pflegebett."

Jedes Mal, wenn ich Einblick nehme in den Leistungsnachweis für Pflegekasse und Krankenkasse, in dem ich diese und noch viele andere Punkte aufgelistet finde, packt mich die Wut über die deutsche Regulierungssucht, die auch vor Pflegebedürftigen nicht Halt macht. Diana muß diese Protokolle zur Kenntnis nehmen und unterschreiben. Diana muß also jeden Monat als richtig bestätigen, daß sie bei ihren Ausscheidungen unterstützt wurde, daß ein Einlauf nötig war, daß die Bettwäsche wiederholt gewechselt werden mußte, daß Unterhose, Hose und selbst die Strümpfe schleunigst in die Waschmaschine gesteckt werden mußten, daß ihr Essen und Trinken gerichtet und ihr das Fleisch mundgerecht geschnitten wurde, daß sie ins Bett gebracht und entsprechend gelagert werden mußte . Diana bestätigt Monat für Monat ihre vollständige Hilflosigkeit, ihre Abhängigkeit. Und der Überfluß der Daten sagt ihr, daß sie überflüssig sei. Sie registriert den Leistungsnachweis als eine Lastschrift: Ich bin nur noch eine Last. Ich bin auf die Leistungen anderer angewiesen und vermag selbst nichts mehr, aber auch gar nichts mehr zu leisten. Ich

beobachte sie, wenn sie das Blatt mit leerem Blick zu igno-
rieren scheint, wenn sie ihre einst so großzügige, schwung-
volle Unterschrift unter das Protokoll krakelt, und ich erkenne ihren Unwillen, als setze sie ihren Namen unter ein
Dokument, mit dem sie ganz und gar nicht einverstanden
ist. Dieser Katalog ist das Gegenteil einer Menschenrechts-
deklaration, bei der obenan die Menschenwürde steht.
Dianas Unterschreiben kommt für sie jedes Mal einer
Selbstentwürdigung gleich. Muß das sein, frage ich mich,
muß das wirklich sein? Ich frage mich dies auch aus egoi-
stischen Motiven, denn solche Kenntnisnahme ihres weit-
gehenden Autonomieverlustes ist ihr ein Stachel, den sie
dann verstärkt gegen mich richtet. Diana vermag es nicht,
Hilfe anzunehmen, sie, die anderen professionelle Hilfe-
stellungen zu geben gewöhnt war, kann sich nicht daran
gewöhnen, Hilfe beanspruchen zu müssen. Sie fühlt sich
von ihrem Körper verraten, der sich nicht mehr selbst zu
helfen vermag. Und wir, die Helfer, sind Mithelfer, den
Verrat zu vertuschen, und dafür gebührt uns kein Danke-
schön, sondern eine gewisse Verachtung. Manchmal denke
ich, sie würde lieber zu Grunde gehen, als den vermeintli-
chen Verrat zu akzeptieren. Und manchmal fühle ich mich
dann von ihr verraten, als ob ihr Selbsthaß letztlich gegen
mich gerichtet sei, und ich wünsche für einen Augenblick,
brutal genug zu sein, sie wirklich zu verraten und dem
Unheil seinen Lauf zu lassen. Wenn der Körper versagt,
endgültig zu versagen droht, dann verdient er keine Hilfe
mehr. Diana hat aus dieser Überzeugung mir ihre Patien-
tenverfügung zur Verwahrung gegeben: "Für den Fall,
daß ich ohne Aussicht auf Wiedererlangung des Bewußtseins in einem Koma liege..." Mein Gott, ich habe Diana im
Koma liegen sehen, selbst die Ärzte befürchteten, daß sie
das Bewußtsein nicht mehr erlangen würde, sie bereiteten

mich auf weitere Komplikationen und Notwendigkeiten der Intervention vor, sie haben interveniert, und Diana ist schließlich wieder aufgewacht! Diana lebt! Und viel mehr noch : Diana empfindet wieder. Diana ist eine aktive Zuschauerin und Zuhörerin. Sie weint Tränen des Mitleids und Tränen der Rührung, ob im Kino, im Theater, im Konzert, ob beim Lesen eines Romans, eines Briefes oder auch nur einer banalen Zeitungsnotiz, die von der Schließung eines traditionsreichen Geschäfts der Stadt berichtet. Diana genießt. Sie ißt die Austern als Vorspeise und das nächste Dutzend als Hauptgang. Diana staunt. Sie bestaunt von der Ferienhausterrasse die buchtenreiche Küste bis hin zum Vesuv, der sich einen Tag eine Schürze aus Wolken umgebunden hat und anderntags eine flauschige Mütze trägt, sie bestaunt die wechselnde Beleuchtung der Landschaft, das Glitzern der Leuchtgirlanden an den Kreuzfahrtschiffen drunten im Hafen. Diana pflegt vergnügt den alten "Kult ": Hoch oben in den Lüften, eng eingezwängt zwischen anderen Passagieren, die Knie gegen das Klapptischchen vor sich gedrückt, das Plastikbesteck auszuwickeln, die Plastikdeckel zu lüften und all das vorgefertigte, unterkühlte Zeug, einschließlich der viel zu süßen Nachspeise, genüßlich zu verzehren, ohne eigentlich Appetit darauf zu haben, nein, es ist allein die verrückte Vorstellung, eine ganz alltägliche Handlung vorzunehmen in einer uns Menschen zunächst keineswegs vorbestimmten und immer noch fremden Situation , wodurch für sie die banale Aktion zur kultischen Handlung wird. Diana also lebt, auf der Erde, unterm Himmel, und bisweilen gar zwischen Himmel und Erde. Diana hat keinen Grund zu klagen, es gäbe für sie so wenig zu sagen, so wenig zu tun, und grundlos wäre ihre Furcht, sich eines Tages verlassen zu finden, im Stich gelassen. Diana sollte endlich lernen, sich den wechselnden Verhältnissen anzupassen; es ist eine Stärke unserer Spezies, sich wechselnden Verhältnissen anzupassen; sie braucht ja nicht gleich darüber zu jubeln: *„Das eben finde ich so wundervoll!"* Es genügte, den verbliebenen Reichtum zu schätzen, ja, es ist ein Reichtum, sie ist nicht armselig, sie gefällt sich bisweilen durchaus in einer herrscherlichen Attitüde, also hat sie noch ein Reich, über das sie weiter gebietet, mag ich auch bisweilen darunter leiden wie ein verachteter Domestik. Wahr ist aber auch, daß ich in ihr immer öfter eine Herrscherin sehe, die ans Abdanken denkt, die sich wünscht, endlich zu sterben, wohl weil sie meint, etwas Überflüssiges zu sein, das in den Orkus hinab gespült gehört. Als ob sie ein Faß zum Überlaufen brächte, als ob ich sagen würde, das Faß ist voll, jetzt reicht es, das Übermaß an Umständen, das du mir aufbürdest, wird als so schwer befunden, daß ich Ballast abwerfen muß, um selbst keine Bauchlandung zu machen! Habe ich ihr dergleichen jemals nur angedeutet? Nein, nein, und abermals nein! Ja, ich reagiere bisweilen unwillig, rüde: Ich kurve Dianas Rollstuhl mit einer Hektik, die sie schon ein bißchen schrecken soll, um das Mobiliar herum, ecke fast an, schramme knapp an einem Türrahmen vorbei in ihr Bad, knöpfe ihr die Hose mit nervöser Hast auf, ziehe die Hosenbeine zu energisch bis unter die Knie, packe sie einen Deut zu fest an den Hüften, hieve sie mit zu heftigem Schwung auf die Toilette. Das alles wirkt überaktiv, zu schneidig akkurat, möchte kalte Präzision und schmissige Routine demonstrieren, und ist doch Ausdruck von Distanz und mangelnder Zuneigung, ja, ich agiere dabei kerzengerade, mit durchgedrücktem Kreuz, und so lasse ich sie auch beim unvermeidlichen Körperkontakt Anschmiegsamkeit bewußt vermissen. Also bin ich bisweilen kaltherzig. Aber diese Kaltherzigkeit bedeu-

tet für mich eine Ruhepause, eine emotionale Erholungs-
phase. Die ständige Hingebung ist Aufopferung. Wäre ich
nicht hin und wieder kaltherzig, mir müßte das Herz irgendwann zerspringen, so pathetisch dies klingen mag, es
ist eine medizinisch begründete Prognose. Natürlich hat
mein Verhalten auch eine psychologische Erklärung: Ich
probe, wie weit ich selbst eine zunehmende Distanz zu
Diana ertragen würde, wie weit es mir gelingen könnte,
unser Verhältnis quasi geschäftsmäßig zu gestalten, auf
eine Basis des do ut des zu stellen, sie also ganz bewußt als
Lehnsherrin anzuerkennen, eine Art Herrin-Knecht-Ver-
hältnis zu akzeptieren, mich mit der Rolle des Faktotums
(mache alles, besorge alles, bin zu allem zu gebrauchen) zu
begnügen und dabei keinerlei Groll zu hegen. Damit wäre
unser Verhältnis geklärt, auf die rein sachliche Basis von
Dienstleistung und Bezahlung gestellt, und keinerlei Herz-
schmerz, ob seelischer oder organischer Natur, wäre mehr
zu befürchten. Aber schon in dem Augenblick, da ich Diana die Bluse wieder zwischen den Hosenbund stecke, wobei ich meinen Oberkörper gegen ihren Rücken lehne und
mein Kinn auf ihrer Schulter abstütze, so daß unsere Wangen einander berühren, was sie zu einer kleinen Kopf-
drehung veranlaßt, um mich zu küssen, schon in diesem
Augenblick also spüre ich, wie sich mein Herz für sie neu
erwärmt, ich spüre es geradezu als einen physikalischen
Prozeß, wohltuend, beruhigend, besänftigend. Nein, ich
könnte ihr Sterben, ihren Tod nicht ertragen, der Gedanke
macht mich frösteln. Ich weiß, sie denkt an Freitod, es ist
mehr als bloße Gedankenspielerei. Noch ist es nur ein
makabres Spiel, das sie da probt, mich zu schockieren, ein
aberwitziges Spiel, das sie für mich probeweise in Szene
setzt. Wann aber hat der Witz ein Ende, und mir bleibt nur
noch die fürchterliche Feststellung: "La commedia e fini-

ta"? Ein falsches Wort von mir mag genügen, und sie macht mit meiner Regieanweisung ernst: "Wenn du alles so unerträglich findest, dann bring' dich doch um!" Solch eine giftige Bemerkung kann sich als ein tödliches Gift erweisen. Unvorstellbar? Nein, Diana setzte sich nach meiner Giftspritze tatsächlich mit ihrem Rollstuhl in Bewegung. Zunächst verhedderte sich ihr Poncho in den Rollstuhlspeichen; mit der stoischen Gelassenheit eines Automaten kippten ihre Handgelenke vor und zurück, um somit die Räder so lange vor- und zurückzudrehen, bis der Stoff sich aus den Speichen löste; dann scheuerte ein Rad am Türrahmen und fraß sich fest, Diana ruckte so lange auf dem Sitz in die dem Türrahmen entgegengesetzte Richtung, bis das Rad wieder frei war; dann war sie zwischen der großen Truhe und einem Stuhl eingeklemmt, es gelang ihr, sich mit mühseliger Kleinarbeit auch aus diesem Engpaß zu befreien. Die ganze Fahrt hatte etwas von einem Cross-Home-Lauf, von einer sinnlosen Herausforderung, der sie sich mit einem beängstigend konsequenten Eigensinn stellte - und all das, um in die Küche zu gelangen, eine Schublade aufzuziehen, eine Plastiktüte herauszunehmen und zu versuchen, sie sich über den Kopf zu ziehen. Ich begleitete sie als ein stumm gaffender Zuschauer, der sie kein bißchen anfeuerte, der ihr auch kein bißchen Beifall zollte, sondern diesen Hindernislauf eher als eine spleenige Veranstaltung verfolgte, die nur Kopfschütteln hervorruft. Ich ging zurück ins Wohnzimmer, um nicht Zeuge ihrer Selbstmordvorbereitung zu sein, um ihr den sadistischen Spaß, mich in einen paralysierten Voyeur zu verwandeln, zu verderben, und gleichzeitig mein sadistisches Vergnügen daran zu haben, daß sie nun gezwungen war, ihr Vorhaben konsequent zu Ende bringen zu müssen, ohne darauf hoffen zu können, daß ich sie davon abhielte. Ich verspürte eine prickelnde Angstlust, schwankte dauernd zwischen untätigem Genuß und dem Impuls, jetzt den Interruptus zu vollziehen, um einem verhängnisvollen Höhepunkt zuvorzukommen. Ich rannte zurück in die Küche. Diana hatte den Plastikbeutel mittlerweile über den Kopf gezogen, es sah aus, als habe sie einen bizarren Hut auf, der ihr viel zu groß war, und ich hörte sie ganz ruhig atmen. "Ich brauche noch eine Schnur". Ich dirigierte sie auf ihrer Rückfahrt an allen Hindernissen vorbei zu der Schublade in ihrer Kommode, wo sie die Reste aller möglichen Schnüre aufbewahrte. Wäre ein fremder Beobachter hinzugekommen, er hätte den ganzen Vorgang wohl für eine spielerische Übung gehalten, ohne zu wissen, wie es in den Akteuren wirklich aussah. Ich hatte eine Pokermiene aufgesetzt, die ständig Gefahr lief, entweder von den Regungen meines Killerinstinkts ("Soll sie endlich draufgehen, wenn sie es selbst doch so will!"), meines perversen Amüsiertseins ("Genießen Sie die Tragödien anderer!"), meiner Feigheit oder des Impulses, nun doch endlich einzugreifen, so derangiert zu werden, daß daraus eine grimassierende Visage wurde, Zerrbild einer verrückten Mischung aus Triumph und Niederlage. Ich drückte mein Knie gegen die Schublade, die Diana gerade im Begriff war aufzuziehen, und gleichzeitig zog ich ihr die Plastiktüte vom Kopf, blies sie auf und brachte sie mit einem Faustschlag zum Platzen. "Da hast du deinen Theaterdonner zur Schmierenkomödie!" Wir mußten beide verrückt geworden sein. Das Leben ist immer noch absurder als selbst das absurdeste Theater. Dianas Gedanke an Freitod ist für mich der Gedanke einer Verräterin, Verrat an meiner fortdauernden Hingabe. *Oh, zweifellos bist du tot, du bist gestorben, hast mich verlassen, wie die anderen, macht nichts, du bist da.* Ein Satz voller Widersprüche, der von Diana stammen könnte. Wenn ich kaltherzig ihr gegenüber bin, dann mag sie das so empfinden, als sei der Michael, den sie gekannt hat, gestorben, indem er sich innerlich von ihr verabschiedet hat. Aber ich bin nicht gestorben, ich habe sie nicht verlassen, ich bin wirklich da, für sie da. Und ich glaube, sie würde es eher ertragen, mich als einen kaltherzigen Scheintoten um sich zu haben, als von ihr verlassen zu werden. Ihr Freitod wäre für sie die einzige Möglichkeit, mich zu verlassen, im Stich zu lassen. Ihr Freitod hieße für mich: Da staunst du, mein Lieber, ich war so frei, mich aus der Abhängigkeit von dir zu befreien. Ein Leben, das mich an dich fesselt, war mir nicht länger lebenswert. So wichtig, daß ich lieber an dich gekettet bleiben möchte, als im freien Fall zu enden, so wichtig bist du mir nicht. Ich gehe noch weiter: Wenn Diana an Selbstmord denkt, so denkt sie zugleich daran, mich damit zu morden, auch wenn sie diesen Gedanken als völlig abstrus bezeichnen würde. Wir stecken beide in der Klemme, mögen wir auch noch so oft die Rampe zum Bürgersteig - hinaus aus unseren Erdlöchern, hinein in die Welt - herunterfahren, um abermals über Rampen unter Menschen zu gelangen. Irgendwie bleiben wir mit unseren Köpfen in den verdammten Erdlöchern stecken. Wir schreien beide nach Hilfe, immer wieder, und hören doch einander nicht. Aber Schreie hören wir, sie sind in unseren Köpfen, schwache, wirre Schreie.

20

Mein noch vor Jahresfrist so durchtrainierter, straffer Körper war durch die Bewegungsarmut (dies der geläufige Kommentar, der umschrieb, dass ich überhaupt nicht mehr laufen und mich auch sonst kaum selbständig bewegen konnte) widerlich disproportioniert: Die Waden dürr, die Schenkel fett, die Pobacken überquellend, die Brüste schwer herunterhängend, die Oberarme nurmehr wabbeliges, kraftloses Fleisch. So hing ich an einer der im Badezimmer angebrachten Stangen, an die ich mich krampfhaft klammerte als ein nacktes Scheusal, das auch durch die morgendliche Toilette nicht mehr zu restaurieren war. Wie hatte das Zerstörungswerk der Natur mich zugerichtet! Ich fühlte mich von meinem Körper im Stich gelassen, schmählich betrogen, ja, es war eine Schmach, die mir da angetan worden war, dieser fleischige, fette Krüppel war eine Beleidigung meines Selbstbildes, nein, dieses fremde Bild hatte nichts mit mir zu tun. Ein Fettkloß, ein Trampeltier! Und hatte es früher nicht geheißen, ich tanzte wie eine Feder! *Der erste Ball, der zweite Ball, der erste Kuß ... Die Zeit, da ich meine Beine noch gebrauchen konnte!* Und wie ich sie gebrauchte! Ich schlang sie fest um die Hüften meines Junkers, der gerade dabei war, mich zu entjungfern. Was wußte Michael schon von meiner Jugend! Er hat von Anfang an in mir nur die reife Frau gesehen, die gereifte Pflanze mit innerlich und äußerlich lotgerechter Haltung, nicht das jugendlich stürmische Schlinggewächs, das sich in symbiotischer Verschlingung aufzugeben bereit war. Pah, heute eine Sechzigjährige! Na und? Ein Drittel meines

Lebens habe ich mit dir, Michael, geteilt, aber was weißt du schon über das zweite Drittel? Was weißt du von meinen Beinen, auf welchen Wegen und Abwegen sie mich getragen haben, was weißt du von ihrem früheren Schwingen und Wirbeln, von ihren abenteuerlichen Verrenkungen und Verschlingungen? Nichts, mein Lieber, gar nichts. Du bist ein Kritiker, du bist kein Tänzer, du hast es nie verstanden, deine Beine richtig zu gebrauchen, dein Hirn stand dir dabei immer im Weg, immer bist du über dein verdammtes Hirn gestolpert, wenn deine Beine gefragt waren. Ich aber hatte muntere Beine und ich werde, verdammt noch mal, schon wieder auf die Beine kommen! Ich schwöre dir, ich werde wieder auf eigenen Beinen stehen - mit beiden Beinen mitten im Leben! Und dann werde ich sie irgendeinem fixen Jungen um die Hüften schlingen, einem hellen Knaben, der an mich glaubt. Wart's nur ab! Von wegen Gnaden, großen Gnaden! Ich lebe nicht von deinen Gnaden. Irgendwann lasse ich diese verdammte Stange los, stehe fest auf meinen Beinen- und dann nichts wie auf und davon! Und du hockst da, in der Wüste, allein, mein Lieber. Auf und davon, Hand in Hand mit einem fixen Knaben, du bist es, der uns wegziehen sieht, entschwinden, die letzten menschlichen Wesen... Tagträumereien! Da hänge ich in ohnmächtiger Wut auf mich selbst, möchte aus meiner Haut fahren, vor mir selbst davonlaufen. Davonlaufen! Michael, hörst du Michael?! Laß uns verreisen!

Michael wünschte ein Zurück zu unseren Quellen, zurück zur Quelle der Arethusa, zurück nach Syrakus, zurück nach Sizilien. „Dorthin, wo du wahrscheinlich geboren wurdest, dorthin, wo zumindest die Wiege unserer Liebe steht!" beschloß er emphatisch , und ich stimmte wehmütig zu. Wir bestiegen das Flugzeug nach Catania, das heißt, zwei Flughafenangestellte verfrachteten mich auf eine schmale Trage und trugen mich die Gangway hinauf, ein Weg, den ich selbständig keineswegs hätte gehen können. Die Stewardessen begrüßten mich mit dem Lächeln von Krankenschwestern und dirigierten die Sperrmüllpacker zu Reihe Sieben, wo sich die äußere, sonst absolut sperrige Lehne hochkippen ließ, so dass ich mit weniger Mühe auf meinem Sitz deponiert werden konnte. Ja, ich empfand mich durchaus als Sondergepäck, das nun einmal nicht wie ein Golfback verstaut werden konnte oder wie ein Hund im Spezialkäfig. Ich war für alle eine Last, gegenüber der man so tat, als bereite der Samariterdienst geradezu Lust im sonst so eintönigen Alltag. Michael hatte mich anbetracht der drei Stunden Flugzeit präpariert wie ein Baby, das noch nicht „sauber" ist. Der Reisebeginn war eine einzige Demütigung, die mich mutlos machte gegenüber allem, was da noch kommen mochte. Plötzlich empfand ich die ganze Unternehmung als mutwillig; es fehlte nicht viel, daß mich aller Mut verlassen, und ich geschrien hätte: Ich will hier 'raus!

In Catania überwachten Carabinieri Michaels Verstauen unseres Gepäcks im Mietwagen. Ich hätte nichts dagegen gehabt, auf der Stelle entführt zu werden, dann wäre Michael mich endlich los gewesen, und ich hätte nicht einen Pfennig aus unserer Reisekasse als Lösegeld geopfert. Wir fuhren nach Taormina und logierten in dem Hotel am Eingang zum Teatro Graeco, von dessen Terrasse aus der Ätna sich keineswegs darstellt, als könne er den Caledonischen Eber ausspeien, das Land zu verwüsten, sondern als das harmonischste Zirkuszelt, in dem sich die wundersamsten, bezauberndsten Dinge ereigneten. Ich blickte sehnsüchtig hinüber wie ein verträumtes Kind, das einzutauchen wünschte in ein Zauberreich. Ach, dieses elende irdische Dasein! Jetzt, sofort, ohne auch nur einen Moment zu zögern, würde ich mit meinen brennenden Füßen in den Krater springen wie Empedokles, um meine göttliche Herkunft zu beweisen. Und Michael, der mich vor zwanzig Jahren mit der Göttin Diana verglich, müßte meine Aktion enthusiastisch rezensieren: Eine wahrhaftige Göttin - uns nicht durch eine Himmelfahrt, sondern durch eine Fahrt zur Hölle entrückt! Er hat mich angesteckt mit seinen ewigen mythologischen Überhöhungen. Dabei ist in Wahrheit alles so entsetzlich banal. Und geistige Höhenflüge, die Sucht, alles hochzustilisieren, sind die schlimmste, die verlogenste, die lächerlichste Ausflucht. Seit langer, langer Zeit übernachteten wir wieder zusammen in einem Zimmer, benutzten ein Bad, eine Toilette. Kein Pfleger war zur Stelle, mich zu waschen in Regionen, die Michael nichts mehr angingen. Wir standen auf viel zu engem Raum, eingezwängt zwischen dem überflüssigen Bidet und der ebenso überflüssigen Badewanne, umständlich aneinander gedrückt vor dem Spiegel, der die ganze Wand über dem Waschbecken ausfüllte, an das für mich kein rechtes Herankommen war, weil der Rollstuhl nicht darunter paßte. Ich spürte Michaels Ingrimm, es grummelte in ihm, gleich würde sein Donnerwetter aus ihm herausplatzen und sich über mich ergießen. Ich kam ihm zuvor: „Mußtest du aus purer Sentimentalität unbedingt in diesem Hotel noch einmal ein Zimmer buchen, wo du jetzt nur noch mit mühsamem Herumsteigen über Bidet und Closchüssel an mich herankommst und mit einem Bein in der Badewanne stehen musst , damit vor dem Waschbecken Platz für uns beide ist?! Hier sind wir einfach fehl am Platz."

„Wärst du kein solcher Fettkloß geworden, wir hätten ausreichend Platz, dir Po und Hüften zu waschen! Ich habe keine Lust, den Akrobat abzugeben, der um die Riesendame herumturnt!"

„Du und ein Akrobat! Wann hättest du dich je in vollendeter Form bewegt! Nicht einmal die simpelsten Tanzschritte habe ich dir je beizubringen vermocht!"

„Und mir ist es all die Jahre nicht gelungen, eine Intellektuelle aus dir zu machen!"

„Wie interessant! Nur zu, ich höre!"

„Du warst doch immer nur eine gute Zuhörerin, die sich für die originellen Beiträge anderer interessierte, deshalb warst du selbst noch lange kein origineller Kopf Nur in einem Punkt hast du wirklich gewonnen: Deine Fleischlichkeit ist unübersehbar geworden ."

„Der Kritiker versucht sich als Strindberg-Imitator."

„Keineswegs. Es ist höchste Zeit, dass wir einmal Tacheles miteinander reden."

„Zwischen Clo und Dusche, wie sinnig! Der rechte Ort fürs Großreinemachen , nicht wahr?"

Er wischte mir mit dem rauen Waschlappen den After so heftig, dass ich aufschrie.

„Sei nicht so zimperlich!"

„Du warst und bist natürlich kein bißchen zimperlich - zumindest was dein rabiates Verhalten anderen gegenüber betrifft. Du warst immer schon ein Grobian, unsensibel, verletzend. Was wolltest du damit erreichen, du kleiner

Provinzkritiker? Hattest du gehofft, damit ins wirklich große Feuilleton aufzusteigen? Du bist so niveaulos, wie das von dir geschmähte Provinztheater."

Er klatschte mir den triefend nassen Waschlappen auf den Rücken und seifte mich gründlich ein. Und dann verpaßte er mir mit dem Frotteetuch eine wahre Abreibung.

„Wenn ich dich in dieser engen Grotte hier sehe, dann kommen mir nicht mehr die Verse in den Sinn, die im hohen Ton von den ‚magdlichen Gliedern' einer nackten Göttin schwärmen. Das war doch einmal dein ganzes Kapital; es ist aufgezehrt. Sprich du mir also nicht von Niveau!"

„Was für eine schamlose, billige Retourkutsche!"

Ich versuchte, nach ihm zu treten, stieß mich dabei aber nur am Siphon unter dem Waschbecken. Michael lachte ein dreckiges Lachen, daß ich ihm am liebsten den Waschlappen zwischen die Zähne geklatscht hätte. Wie er da im Spiegel höhnisch auf mich hinunter schaute, war er mir plötzlich ganz fremd. Ich versuchte, so viel wie möglich selbst zu tun, irgendwie die Träger des Büstenhalters über meine Schultern zu streifen, in die Ärmel der Bluse hineinzukommen, die Hose wenigstens bis über meine Knie hochzuziehen, um so an mir hantierend die fremden Blicke zu vergessen und wieder zu mir selbst zu kommen. Wir machten den geplanten Tagesausflug nach Syrakus. Den Kritiker zog es natürlich als erstes zum großen griechischen Theater. Die gelben Margeriten reichten in dichten Büscheln wie sanfte Ausläufer eines lebensfreundlichen Lavastroms bis zu den obersten Sitzreihen. Es sah aus, als sei das steinerne Halbrund soeben aus diesem blühenden Garten ausgegraben worden. Ich hatte an diesem botanischen, fröhlich wuchernden Schauspiel weit mehr Vergnügen als an der verwitterten Stätte antiker Tragödien. Michael fuhr mich über den mittleren durchgehenden Wandelgang („Diazoma" protzte er laut) bis zur Mitte, dem tiefergelegenen Zentrum („Orchestra" tönte er abermals) genau gegenüber und arretierte dann die Bremsen meines Rollstuhls. Er erzählte mir (und wahrscheinlich wiederholte er damit seine Lehrstunde von vor zwanzig Jahren), daß ein gewisser Rinton vor circa zweitausendfünfhundert Jahren den Phlyax als neue Schauspielfigur eingeführt habe, den Flachsmacher, der sich mit seiner vulgären Sprache und seinen derben Scherzen als höchst volkstümlich erwies. Sprach's und hüpfte in einer Art Hampelmannsschritt einige Treppen tiefer, drehte sich zu mir um, formte mit seinen Händen einen Trichter, in den er, die Melodie irgendeines Marktschreiers imitierend, hineinrief: *Chance für fixen Jungen*, hüpfte dann mit einem Flügelschlagen der Arme weiter nach unten, hielt abermals inne und intonierte mit einer anderen Melodie: *Heller Knabe gesucht,* landete schließlich im Rund der Orchestra und rief in alle Himmelsrichtungen: *Chance für fixen Jungen. Heller Knabe gesucht.* Die wenigen Touristen verfolgten amüsiert dieses mir unverständliche Schauspiel. Ich hielt Michael für völlig durchgeknallt, die ganze Szene war mir peinlich. „Was sollte der Quatsch?" fragte ich ihn, nachdem er wieder die Stufen zu mir erklettert hatte und keuchend vor mir stand. „Du mokierst dich über outrierende Schauspieler und bist selbst der schlimmste Knattermime ."

„Hast du unser Stück vergessen? Ich habe nur zitiert."

„Ich kann mich nicht erinnern. Warum ausgerechnet dieses Zitat?"

"Es fiel mir gerade so ein. Aber lassen wir das ."

Er löste die Bremsen und schob mich hinunter zu den paradiesischen Latomien, jenen uralten Höhlen zu Füßen des antiken Theaters, aus denen schon die Griechen jenen grauweißen Kalkstein gewonnen hatten, der dem ganzen Stadtbild seine eigentümliche Färbung verleiht. Wärme und Feuchtigkeit hatten hier eine üppige, überquellende Vegetation gedeihen lassen, Zitronen- und Orangenbäume, Zedern und Palmen, Feigenkaktus und Kapernstrauch, Mispel und Oleander. Und all die ungebändigte Natur umschloß alle möglichen bizarr anmutenden Gesteinsbildungen, die an Pfeiler und Gewölbebögen erinnerten. Am merkwürdigsten aber war jener Höhleneingang, der, wenn auch nur sehr vage, einer Ohrmuschel glich und deswegen den Namen trug „Ohr des Dionysos". Die akustische Eigenschaft dieses berühmten Spaltes ist wahrhaft erstaunlich: Jedes Geräusch erfährt durch ihn eine enorme Verstärkung. Der Tyrann Dionysos soll sich dieses akustische Phänomen zunutze gemacht haben, um die in der Höhle vegetierenden Staatsgefangenen zu belauschen. Michael leistete sich hier wiederum ein fragwürdiges Intermezzo, dessen Sinn für mich unklar blieb: „ Hu-huu! -Hu-huu! -Ich flehe dich an, nur ja oder nein, kannst du mich hören, nur ja oder nichts." So flüsterte er.

„Was soll das nun wieder?" fragte ich ihn gereizt.

„Nichts, gar nichts, ich habe nur die Akustik ausprobiert. Lieber ein unmenschlicher Tyrann, der selbst die Worte erlauscht, die gar nicht für ihn bestimmt sind, als ein zwar menschliches Wesen, das aber kein Ohr hat."

Ich ging auf diese kryptische Bemerkung Michaels bewußt nicht ein. Da brüllte er los:

„Wenn ich es nur ertragen könnte, allein zu sein, ich meine, vor mich hin zu quasseln, ohne daß mich eine Menschenseele hört. Hast du es jetzt kapiert?!"

„Ich glaube, es ist besser, wir brechen diese Reise vorzeitig ab. Wir sind keine Gefährten mehr, keine Reisegefährten und keine Lebensgefährten. Geh' deiner Wege! Hau ab!"

Über dem Ätna schwebte ein zartes weißes Wölkchen, nichts und niemand nahm von unserem Erdbeben Notiz. Der Boden unter uns schwankte, wir waren haltlos geworden, aber um uns herum grünte und blühte es. Wir sind der Welt herzlich gleichgültig. Sie hat uns satt. Sie breitet ihr sattes Hoffnungsgrün über unsere Trostlosigkeit.

21

Ich machte keine Fotos mehr von Diana, auch nicht auf dieser Reise zurück ad fontes Arethusae. In einer Art vorweggenommener damnatio memoriae sorgte ich dafür, daß kein Bildnis an ihren jämmerlichen Zustand erinnern konnte. Und die Aufnahmen von ihr, die von Freunden gemacht und uns zur Erinnerung an irgendein Zusammensein geschenkt wurden, zerriß ich sogleich, denn auf jedem der Bilder ragten die Griffe des Rollstuhls über Dianas Schultern und verrieten ihre mißliche Zwangslage: daß sie eben so gar nichts selbst im Griff hatte, und daß sie als ein willenloses Motiv hin- und hergeschoben worden war, um ins Bild gerückt zu werden. Nein ich gehörte nicht zu jenen famosen Freunden, die es ablehnten, mit ihr in einem Restaurant zusammenzusitzen, weil ihnen dies das Essen verdorben hätte. Ich zeigte mich überall mit ihr, ohne auch nur einen Augenblick mich als der Begleiter einer Schwerbehinderten zu fühlen. Ich glaube, jeden gemeinsamen Auftritt wirklich mit der größten Selbstverständlichkeit absolviert zu haben. Es wäre wohl auch ziemlich unbegreiflich, wenn das eigene Selbstwertgefühl darunter litte, mit einmal Partner eines körperlich und geistig reduzierten Menschen zu sein, was andernfalls ja hieße, diesen Partner als in seinem Wert gemindert zu empfinden, so gemindert, daß er dem eigenen Wert nicht mehr entspräche - eine ganz und gar unglaubliche Betrachtungsweise, die aber einigen Freunden gar nicht so fremd zu sein schien, warum hätten sie es sonst vermieden, sich in Gesellschaft von Diana zu zeigen?!

Aber die Bilder, die einen Augenblick festhielten, hatten bei mir eine andere Wirkung als das augenblickliche Geschehen, zumal wenn diese Bilder sogenannte Schnappschüsse waren. Jedes Bild von Diana war jetzt ein solcher Schnappschuß, die wehrlose Beute von dem schnappenden Objektiv geschnappt und erlegt, rücksichtslos, mitleidlos. Merkwürdig, daß diese Momentaufnahmen Dianas Zustand so grausam enthüllten. Die lebendige Bewegung kann offenbar einiges relativieren, ja beschönigen, da ein soeben noch schiefes Lächeln schon im nächsten Augenblick womöglich von gefälliger Symmetrie geprägt wird, ein gerade noch so schweres Augenlid plötzlich fröhlich zu zwinkern beginnt, ein gebeugter Rücken durch ein Zurücknehmen der Schultern gestrafft wird, eine erschlaffte Hand zu einer leichten Geste ansetzt. Aber diese Momente des Übergangs sind offenbar nicht Motive des Schnappschusses. Der Schnappschuß selektiert unbarmherzig, er giert nach den Momenten der Lächerlichkeit und der Schwäche, und im Falle Dianas tötete er den letzten Rest ihrer einst so hinreißenden Lebendigkeit. Nach all dem erscheint es als paradox, daß ich mich jetzt über unsere unzähligen Alben, von denen ich den Staub herunter pusten mußte, mit regelrechter Gier hermachte, um die wundersame Bilderwelt aus längst vergangenen Tagen zu verschlingen als eine seelische Kraftnahrung. Momentaufnahmen, sicher auch gestellte Fotos, eitles Posieren und bewußtes Gealbere. Es war wohl so, daß es mir gelang, mit der Betrachtung dieser Standfotos einen wunderbaren Erinnerungsfilm zum Laufen zu bringen, während die neuen Bilder eine solch gräßliche, unbarmherzige Realität vorführten, daß sie damit Dianas gegenwärtiges Leben zu einem einzigen desolaten Standfoto erstarren ließen. Diese Bilder ließen mich die Momente der schönen, hoffnungsvollen, tröstlichen Übergänge übersehen. Und ich bin überzeugt, so wäre es jedem Betrachter ergangen. Diese Bilder mußten vernichtet werden, um die Verlebendigung einer zu einseitig gesehenen Realität zu verhindern. Bei den Bildern von Diana aus unseren glücklichen Tagen aber gelang mir der Pygmalion-Effekt. Ich hatte ja Fotos von ihr gemacht, die sie so zeigten, daß man glauben konnte, gleich bewegte sich ihre Gestalt und sie begänne zu reden. Ich strich mit den Fingerspitzen über das Hochglanzpapier, ich drückte meine Lippen auf ihr Abbild und spürte, Fleisch ist's und Bein, die unter meinen Küssen erwarmen. Und leise zitierte ich: *"Ich würde sie mit meinen bloßen Händen ausgraben...waren doch wohl Mann und Frau."* Mit meinen bloßen Händen ausgraben - weiß Gott, was würde ich alles tun, ihr die frühere Gestalt, die frühere Beweglichkeit zurückzugeben, die sie doch noch vor so kurzer Zeit besaß! Es ist dies doch kein uraltes Foto aus grauer Vorzeit! Ich kann mich an die Situation erinnern, als wäre es gestern gewesen. Zwei Jahre! Was sind schon zwei Jahre! Dieses verdammte Zerstörungswerk der Natur. Plötzlich sind zwei Jahre wie ein Tag, von einem Tag auf den andern ist alles verändert. Wenn ich dieses Bild jetzt weglege und zu Diana gehe, dann wird es so sein, als habe ich gerade noch die schöne Vorderseite der frouwe werlt geschaut und stehe plötzlich hinter ihr und sehe, was die Kehrseite schon immer gewesen ist: Verfall - sichtbar nach zwei Jahren oder erst in zwanzig Jahren. Was also hadere ich? Ist mir der Gedanke, Mann und Frau gewesen zu sein, vielleicht fremd, unheimlich oder gar mit leisem Ekelgefühl behaftet? Wir wissen doch alle, daß unsere Haut eine Art Hochglanzpapier ist, in das allerlei Ekelerregendes eingewickelt ist, wir brauchen es nur ein bißchen einzureißen, um zu sehen, daß unter dem schönen Bild ziemlich unappetitliche Schichten verborgen liegen. Aber Diana war ja keineswegs zum Abbild der vanitas-Idee geworden, indem irgendwelche widerwärtigen Male sie entstellt hätten, nein, ihre Muskulatur hatte sich wieder erholt, die Haut lag straff über den ihrer Figur durchaus angemessenen Fettpölsterchen. Was also befremdete mich, was irritierte mich so, daß ich es nicht dokumentiert haben, daß ich davon kein Abbild aufbewahrt wissen wollte? Doch die Vorstellung, sie nicht mehr in ihrem früheren Hochglanz auf Hochglanz präsentieren zu können? Stattdessen sagen zu müssen: Ihr hättet sie vor zwei Jahren sehen sollen! Also doch verletzte Eitelkeit, narzißtische Kränkung, mir zugefügt durch ihre Verletzung? Dann müßte ich jene verstehen und entschuldigen, die sich nicht mehr mit Diana identifizieren wollten, nicht mehr bekennen wollten, daß sie zu ihrem Leben gehörte. Es ist so schwer, das Gegenwärtige zu akzeptieren in Dankbarkeit für das Vergangene. Die Allmacht des Gegenwärtigen triumphiert über vergangene Triumphe. Es war einmal - das ist ein Trost für Kinder. Dianas offenkundige Schwächen (ihre partielle Desorientierung, ihre Vergeßlichkeit, ihre Fehleinschätzungen, ihr dialektisches Ungenügen, ihr schnelles Ermüden, die Verlangsamung ihrer Bewegungen, die Einschränkung und die Paradoxien ihrer inneren Bewegung) machten mich untröstlich, und insofern sie abbildbar waren, wollte ich solche Bilder verhindern, oder ich vernichtete sie. Meine vorauseilende damnatio memoriae war frei von Eigensucht, ich hatte Mitleid mit Diana, ich wollte ihr Andenken schützen vor lieblosen Relativierungen, Mißverständnissen voll mißgünstiger Genugtuung, vor der Möglichkeit abschätziger Wertungen. Es ging nicht um mich, es ging allein um Dianas Würde.

22

Wie phantastisch ich mit meinen nunmehr sechzig Jahren immer noch aussehen würde! Was für ein wertvoller Mensch ich doch immer noch sei! Unsinn! Ein Krüppel bin ich, minderwertiges Leben, seit ich in diesem verdammten Rollstuhl festsitze, da gibt es nichts zu beschönigen. Sie hat doch so keinen Sinn höre ich alle Pierers und Stärers dieser Welt mich mitleidig verhöhnen, besser, sie wäre damals gestorben. Recht haben sie. Wozu tauge ich noch? Verhocke meine Zeit untätig zwischen zwei blechernen Seitenteilen, deren dunkelgrüner Lack allmählich abblättert, so daß das Blech mehr und mehr durchschimmert, hocke also gewissermaßen auf einem Schrotthaufen, wohin ich ja auch gehöre. Ich habe viel Zeit, viel zu viel Zeit. Mit sechzig Jahren lohnt es, wieder einmal in den Fächern meines Sekretärs, in den Schubladen meiner Kommode nach den Zeugnissen der Vergangenheit zu kramen. In der Gegenwart kann ich mich nicht nützlich machen, ich bin ein Nichtsnutz, ein Taugenichts, der die Zeugnisse der Vergangenheit durchblättert in der Hoffnung, darin bezeugt zu finden, daß ich einmal etwas getaugt habe, daß ich Gutes bewirkt habe, wofür mir gute Noten gegeben wurden. Da ist mein Examenszeugnis. Bravo Diana, nicht schlecht. Die Urkunden, die meinen Fortbildungseifer bezeugen. Bravo Diana, tüchtiges Mädchen. Die Zulassungsurkunde, die mir bestätigt, selbständig praktizieren zu dürfen. Bravo Diana, emanzipierte, risikofreudige Jungunternehmerin. Die erste Bilanz zwar noch mit Verlustvortrag fürs nächste Jahr, aber die zweite schon mit erheblichem Gewinn. Bravo Diana, es geht stetig aufwärts mit dir. Das Bündel mit Dankesschreiben von Patienten, schmeichelhaft, rührend, komisch. Bravo Diana, du hast professionell und erfolgreich gearbeitet. Ja, wäre ich nur gestorben, meine Bilanz wäre glänzend gewesen: Diana, mitten aus einem schaffensreichen Leben gerissen, unwiederbringlicher Verlust für Michael und alle, die sie kannten. Meinen Nachruf kann ich selbst schreiben. Ein Programmheft! Grauer, rauer Umschlag, passend zur Werkstattaufführung. Die Probenfotos leicht vergilbt: Die Schauspielerin auf einem Hocker, drumherum eine Lattenkonstruktion; es sieht aus, als trüge sie einen Reifrock, der noch nicht mit Stoff bespannt ist. Ich erinnere mich: Bei der Premiere steckte sie dann in diesem Sandhügel. Vor ihr liegt auf einer provisorischen Ablage die Handtasche; sie kramt darin herum, es sieht so aus, als komme der Griff des Revolvers gerade zum Vorschein. Hat sie sich am Ende damit umgebracht? Da war doch plötzlich ein Feuerschein. Nein, kein Pulverdampf von einem Schuß, keine Leiche, es war nur ihr Sonnenschirm, der plötzlich in Flammen aufgegangen war, kein übler Effekt, ein überraschender Theatercoup in dem trostlosen Einerlei. Aber wie war das mit dem Revolver? Hat sie ihn in die Tasche zurückgesteckt? Ich kann mich nicht mehr erinnern, ist zu lange her, zwanzig Jahre. An den Schauspieler, der neben dem Hügel auf dem Rücken liegt, erinnere ich mich noch genau, ein älterer Chargenspieler, den man einmal mit mir in Verbindung brachte, weiß der Teufel, wieso. Das Gerücht war grotesk und mir schon etwas peinlich. Wie ein Maikäfer liegt er da auf dem Rücken, die Glatze mit Brandblasen übersät, Cutaway, gestreifte Hose, weiße Handschuhe. Eine absurde Situation. Ach ja, ich erinnere mich, er hatte versucht, den Hügel hinauf zu kriechen und war an den Fuß des Hügels zurückgerutscht. *"Wumm!"* hatte seine Partnerin textgetreu gesagt, und das gab beim Publikum einen Lacher, ich habe besonders laut gelacht, und jemand aus der Reihe vor mir drehte den Kopf zu mir um und sah mich streng an, weswegen ich bis zum Ende des Stücks in mich hinein prustete. Dabei ist dieses Ende sehr melancholisch, sehr anrührend und sehr traurig. Der alte Chargenspieler, der angeblich bei mir eine Hauptrolle spielen sollte, ob er noch lebt? Nun, ich war damals ein nicht unattraktiver Single, da entstehen allerlei Gerüchte, ganz ohne eigenes Zutun. Also ich war durchaus liebenswert, begehrenswert - in einem gewissen Stadium. Manchmal möchte ich Michael fragen: Findest du mich noch begehrenswert in diesem Stadium? Meine Titten sind immerhin noch in Ordnung. Streichelst du manchmal in Gedanken meine Brüste? Beschläfst du mich wenigstens in deinen Träumen? Natürlich nicht, er denkt nicht im Traum daran, daß wir schließlich einmal Mann und Frau waren. Aber er ist ein Mann. Natürlich ist er mir untreu. Mit wem treibt er es? Mit irgendeiner unserer Freundinnen, denen er so leid tut? Die sind doch jetzt alle viel mehr wert als ich. Die können alle noch die Beine spreizen, die haben alle noch Gefühl in ihren Beinen, und nicht nur dort! Da braucht sich kein Pierer und kein Stärer Gedanken darüber zu machen. Ob du mich liebtest, Michael, darüber brauche ich mir keine Gedanken zu machen, aber mit wem du jetzt Liebe machst, das möchte ich schon wissen. Irgendeine verflossene Liebe taucht immer auf, ein alter Quell, der neu zu sprudeln beginnt, das ist klar, da mache ich mir keine Illusionen. Oder gibt es da eine neue Quelle, die dich labt, meinen nach körperlicher Liebe Dürstenden? Denn du bist zu jung, noch viel zu jung, um dich allein mit den geistigen Vergnügungen zu begnügen.

Unsere geistigen Vergnügungen! Du verdirbst mir sie mit deinem dauernden Gemäkel. Deine Berufskrankheit: Dich nicht uneingeschränkt freuen zu können, deine lehrerhafte Besserwisserei. Du hast deine Meinung, ich habe meine Meinung. Ja, es ist wahr, ich höre mir immer erst dein Urteil an, um ihm widersprechen zu können. Wir sind zwei Kritiker, die die gleiche Première besprechen, aber immer so, als ob wir in zwei völlig verschiedenen Vorstellungen gesessen hätten. Das ist meine Rache, weil ich für dich auch geistig für mindcrbemittelt gelte, weil du mir ständig nachsagst, ich sei am Verblöden, weil du unsere Freunde zu deinen Parteigängern zu machen suchst: Hört nicht auf Diana, Diana spinnt! Oh, mein Lieber, ich habe noch genügend Verstand, um zu begreifen, für wie begriffstutzig du mich mittlerweile hältst. Ich bin deinen geistigen Ansprüchen, deinen gedanklichen Höhenflügen nicht mehr gewachsen, nicht wahr, und deshalb bin ich dir keine gleichwertige Gesprächspartnerin mehr. Was du dir wünschst: Daß ich meine Lippen zusammenpresse und vor mich hinstarre, denn dann hast du Ruhe vor mir. Oh, ich weiß sehr wohl, daß es eine Zeit gegeben haben muß, in der ich vor mich hinstarrte, womöglich mit zusammen-gepreßten Lippen, daß ich als desorientiert gegolten habe, was ja nur die euphemistische Umschreibung dafür ist, daß ich tatsächlich verblödet war. Aber, mein Lieber, unterschätze nicht die Erfolge meines Hirnleistungstrai-nings! Irgendwann trete ich gegen dich an, und dann werden wir ja sehen, wessen graue Zellen alt aussehen. Mein Aussehen! Nicht die sechzig Jahre, die Krankheit hat mich zu einer alten Frau gemacht. Keine Bewegung mehr, kein Sport mehr. Fett bin ich geworden. Kuh oder Ziege, sagen die Freundinnen, die Pölsterchen stehen dir gut, na ja, ein paar Speckfalten am Bauch, wer sieht die schon, aber dafür ist dein Gesicht faltenlos, gut schaust du aus. Die Herzchen sind so großherzig, weil ich mich ihnen endlich angeglichen habe, endlich sehe ich so alt aus, wie ich bin, endlich bin ich nicht mehr diejenige, die immer so viel jünger aussah. Ihre Komplimente bedeuten nichts anderes, als daß sie nicht mehr neidisch sind auf mich. Wir laufen ja alle herum mit ersten Hüftbeschwerden und anderen Arthrosen, wir sind alle ein bißchen verbraucht, Diana, Liebste, Beste, wir sind alle nicht mehr ganz jung. Danke, danke. Eure Männer sind aber fünf Jahre älter als ihr und nicht fünf Jahre jünger wie Michael. Ich bin für ihn ein altes Wrack. Wir sitzen am Tisch, und er schaut nicht einmal zu mir hinüber. Auch er gehört zu den Pierers und Stärers, die mich am liebsten nicht mehr sehen möchten, um mich so in Erinnerung zu behalten, wie ich einmal war. Oh, ich bin immer noch wiederzuerkennen, irgendwie. Mein eigenes Überbleibsel. Wie steht so schön in dem alten Programmheft? Ich hatte es doch eben aufgeschlagen. Hier: *Immer gewesen zu sein, was ich bin - und nun so anders als das, was ich war. Eine große Schwierigkeit für den Verstand*, zweifellos. Und da sollte ich keine Angst haben, von Michael im Stich gelassen zu werden? Flucht vor meinem Bild. Warum sonst schaut er sich in letzter Zeit so oft unsere Fotoalben an? Vergleicht er? A la recherche du tableau perdu. Das schöne Bild ist futsch, da muß man in die Bilder der Vergangenheit flüchten. Ist es nicht so, Michael? Aus die Maus. Schluß mit den Kosenamen. Die causa hat sich arg verändert, da gibt es nichts mehr zu kosen, geschweige zu liebkosen. Schluß mit den Zärtlichkeiten. Stattdessen Götzendienst, Anbetung der Bilder. Welche Geschichte erzähltest du mir damals von der eifersüchtigen Göttin Diana? War's die Geschichte vom Calydonischen Eber, der das Land derer verwüstete, die es versäumten, die Göttin zu ehren? Manchmal hätte ich Lust, solch ein Vieh gegen dich zu hetzen, wenn du mich so mißachtest, wenn du nur noch abfällige Blicke für mich übrig hast. Schau dir die Bilder gut an und erinnere dich, wie du mich einst beweihräuchert hast: Diana, meine angebetete Göttin! Du warst schon ziemlich exaltiert. Was geblieben ist, sind die Bilder. Nimmst du die Alben auch mit ins Bett? Einige Fotos sind ja recht pikant. Mutiere ich jetzt für dich zum Pin-up-girl? Metamorphose der jungfräulichen Göttin zum Pornostar. Müssen die Bilder dich jetzt anmachen? Ach, Michael, kämest du doch zu mir herauf gekrabbelt, ich würde glatt mit dir die Schlußverse unseres Stückes singen: Lippen schweigen, 'sflüstern Geigen: Hab' mich lieb! Und heute, das kann ich versprechen, würde ich nicht mehr in mich hineinprusten, sondern ich würde dabei heulen.

23

Keine große Reise mehr, aber immer wieder kleine Fluchten, durchaus ein Wagnis. Ja, es war ein Wagnis, mit Diana auszugehen. Wenn Diana Publikum um sich wußte, fühlte sie sich vor mir sicher. Der Kritiker würde es nicht wagen, sie öffentlich zu kritisieren; er würde gute Miene zum bösen Spiel machen, den Verriß würde er sich aufheben, um ihn in den eigenen vier Wänden lautstark zu deklamieren. Diana hatte ja recht, ich war ein schlechter Psychologe, ich blaffte sie an, ich putzte sie 'runter, ich machte sie zur Schnecke, die sich nur noch verkriechen, ihre Fühler zurückziehen konnte vor so viel gefühlloser Attacke. Draußen, umgeben von fremden Gästen, streckte sie die Fühler nach allen Seiten aus, indem sie das ganze Restaurant anlächelte. Sie schuf sich einen Kreis von Sympathisanten, von Beisitzern, die ihr mit stummer Zustimmung beistehen würden, wenn ich dazu ansetzen würde, in irgendeiner Sache Gericht über sie zu halten, zum Beispiel, daß sie sich wieder einmal für das falsche Essen entschieden habe. Natürlich würde ich dann kein engagiertes Plädoyer, sondern den Mund halten, weil von diesen Beisitzern keine Zustimmung zu erwarten war, sondern verständlicherweise nur Mißmutsäußerungen, diskret zwar, aber doch so deutlich, daß es mir wiederum peinlich gewesen wäre.

Die Ärzte hatten ihre mir und Diana nur zu wohlbekannte Bühne verlassen, die Kostüme abgelegt, diese Bühne hier betreten, wo sie nicht Akteure, sondern Publikum sein würden. Sie saßen an unserem Nachbartisch, drei Paare, von denen ich die Männer allesamt erkannte, obwohl sie mir in dieser Rolle und dieser Kostümierung fremd waren. Das waren keine routiniert auftretenden Ärzte mehr, das war eine ausgelassene Laienspielschar, die sich offenkundig blendend selbst unterhielt. Diana lächelte auch diese Runde an, wurde aber keineswegs von ihr erkannt. Hier saß sie nur im Abseits als ehemalige Nebenfigur, die längst durch aktuellere Rolleninhaberinnen ersetzt worden war, die gleichwohl ebenfalls für die Herren dieser Runde sehr schnell wieder im Abseits stehen würden, einfacher gesagt: Die Rolle des unmündigen Patienten ist immer noch, den Mund zu halten und möglichst nicht aufzufallen, so daß keinerlei persönliche Erinnerung an ihn bleibt. Ich spürte, wie das exzellente und sehr heiße Kartoffelsüppchen, das uns als Zwischengang gereicht wurde, mir den Mund zu verbrennen drohte, und wie meine zum Nachbartisch hinüber schweifenden Gedanken mich anstachelten, mir doch bitte den Mund zu verbrennen. Aber noch blieb ich äußerlich gelassen und suchte mich damit abzulenken, dass ich Diana beobachtete, wie sie mit der Zungenspitze dem mühsam ihrem Mund angenäherten Löffel entgegenkam, um ihn gewissermaßen anzulocken und zu dirigieren: Hier geht's lang. Dann blickte ich doch wieder hinüber und nahm des Orthopäden Kostümierung kritisch unter die Lupe. Orthopäden zählen in der Ärzteschaft nicht zu den Intellektuellen, sondern zu den Handwerkern, entsprechend üppig sind ihre Einkünfte. Diesen Handwerker zierte so etwas wie eine selbst gefertigte Meisterkette, die unter dem weit aufgeknöpften Hemd auf seiner gebräunten Brust baumelte. Ich wußte, daß er sich seine OP-Utensilien selbst zusammengebastelt hatte und Implantate einsetzte, die von ihm entworfen waren. Ein solches messingfarbenes

Implantat baumelte an einer goldenen Kette zwischen seinen ergrauten Brusthaaren. Der Schamane wollte mit diesem Amulett auch im Alltag noch kenntlich bleiben als der Zauberer, für den er sich hielt, wofür ich durchaus Sympathie empfand, denn ich muß gestehen, daß ich mich mit der völligen Entzauberung eines Arztes nicht abfinden mag, auch ich bin immer noch kein mündiger Patient. Schlimm genug, einige Wortfetzen der Witzeleien, der frivolen, aber Distanz schaffenden Scherze mitbekommen zu müssen, schlimm genug, in der sehr gewöhnlichen Frau, die allen vorurteilenden Klischees entsprach, seine Begleiterin erkennen zu müssen, nein ich wollte nicht, daß der Operateur von Diana gänzlich entmystifiziert dasitzen würde in einer stinknormalen Privatheit. Auch die beiden anderen Ärzte waren ins dramatische Geschehen um Diana involviert, ohne daß ich hätte sagen können, welche Rolle sie während der Tragödie im Operationssaal gespielt hatten. Der Anästhesist war jedenfalls nicht dabei, womit die Hauptrolle, die des eigentlichen Übeltäters, am Tisch unbesetzt blieb. Dennoch spürte ich, wie zwischen zwei Löffeln der sämigen Köstlichkeit ein unheimlicher Groll in mir aufstieg, der mir die Suppe, die ich da löffelte, spürbar versalzte. Diana mußte gesehen haben, wie ich das Gesicht verzog, wie sich meine geschlossenen Lippen vorwölbten, wie mein Mund also nahe daran war, die Suppe wieder auszuspucken, womöglich in Richtung Nachbartisch.

„Du wirst hier doch keinen Terror machen!"

„Aber wer jammert denn immer wieder, dass diese Herren deine Operation versaut, ja, dich zur armen Sau gemacht hätten, das bist doch du!"

„Das geht nur mich etwas an, halte du dich da gefälligst 'raus, du verdirbst mir noch den Appetit!"

Ich schob das Suppentäßchen demonstrativ weg von mir. Die plötzliche Spannung an unserem Tisch ließ den Ober heraneilen: „Ist etwas nicht in Ordnung?" „Nein, nein, alles bestens, wie immer." Damit, spätestens, war natürlich auch der Nachbartisch aufmerksam geworden. Die Herren nickten verlegen lächelnd zu uns hinüber, uns und ihre eigenen peinlichen Gefühle zu beschwichtigen. Beschwichtigungsversuche! Am Ende gar die Bitte um ein wohlwollendes Urteil! Nicht mit mir, nicht mit einem unbestechlichen Kritiker, der jetzt, jetzt endlich Courage zeigen würde, der seine vernichtende Kritik nicht länger mehr herunterwürgen, sondern endlich ausspucken würde! Ich stand auf, Diana versuchte mich noch zurückzuhalten, hielt aber nur meine Serviette in der Hand, die sie leicht schwenkte, als wäre sie das weiße Fähnchen ihrer Kapitulation - vor mir, vor den Tätern? Ich trat an den Nachbartisch heran, verbeugte mich knapp und sagte nur: „Meine Kollegen vom Ressort Gesundheit und Soziales sind im Recherchieren top; sie werden einen Tip von mir erhalten." Den verständnislosen Blicken drehte ich schnurstracks den Rücken zu und stakste mit durchgedrücktem Kreuz zu unserem Tisch zurück. „Mein Gott, wie kann man nur so selbstherrlich sein!" kommentierte Diana meinen spektakulären Auftritt; in dieser Umgebung, in dieser Situation war er wirklich spektakulär. Der Kritiker als öffentlicher Selbstdarsteller, eine fabelhafte Inszenierung. „Applaus, Applaus! Wie kann man sich bloß so aufführen! Wir werden hier für alle Zukunft Auftrittsverbot haben." Diana sprach so laut, dass alle es hören konnten und beifällig in die Hände klatschten. Ich verbeugte mich nach allen Seiten und sorgte für unseren Abgang, das heißt, ich schob Dianas Rollstuhl zur Tür, eskortiert von der charmanten Chefin des Restaurants, die sich zu Diana hinunter beugte und ihr beruhigend zusprach. Sonst pflegten wir uns mit den hier üblichen Wangenküßchen zu verabschieden, diesmal gab sie mir verständlicherweise nicht einmal die Hand. Ich hätte mich nicht gewundert, wenn sie mir eine Ohrfeige verpaßt und mich zur Tür hinausgeworfen hätte, aber sie stand starr mit steifem Rücken gegen die geöffnete Tür gelehnt, die eine Hand fest am Türgriff, die andere hinter dem Rücken verborgen. Ich murmelte eine Entschuldigung: „Bitte verstehen Sie, mein so kontrolliert erscheinender Ausbruch war in Wirklichkeit ein halber Nervenzusammenbruch. Dieser herrische Auftritt - in Wirklichkeit habe ich einfach die Beherrschung verloren. All diese Pierers und Stärers, verstehen Sie, sie sind alle so schrecklich unbeteiligt." „Ich verstehe." „Jetzt winselt dieser Schmierenkomödiant auch noch um Gnade! Wie kann man nur so larmoyant sein! Dein Selbstmitleid ist ekelhaft." Da war die Tür schon hinter uns geschlossen worden. Die barocke Fassade des Nobelrestaurants erschien mir in der kühlen Abendluft abweisend und gar nicht mehr einladend. Ich schob Diana zum Behindertenparkplatz und empfand jeden Schritt als ein Abschiednehmen. Hatte ich das gewollt, hatte ich diesen Eklat provoziert, um mit Diana hier nie mehr einkehren zu können? Ich war zu benommen von der unerwarteten Peripetie dieses Dreiminutenstücks, das ich da verfaßt hatte, halb improvisierend, halb wohlüberlegt. Ich war in diesem Augenblick ein ratloser Autor, die Szene hatte sich verselbständigt. Und plötzlich hatte ich nur noch Angst, so könnte mir allmählich alles entgleiten, oder ich könnte imstande sein, es geradezu darauf anzulegen, daß mir alles entgleitet, um am Ende nicht mehr verantwortlich sein zu müssen, für mich nicht, nicht für Diana. „Wenn du mich los sein möchtest, dann mach' nur so weiter!" Diana hatte meine Ratlosigkeit erraten und gab mir ein Stichwort, das ich als Stich empfand: „Es war alles so schön angerichtet, was hast du nur angerichtet! Wieder ein verdorbener Abend. Jeden Abend läßt du dir etwas einfallen, mir den Abend zu verderben. Unsere Beziehung ist verdorben. Ich spüre es daran, wie übertrieben schwungvoll du meine Beine ins Auto hievst, wie ungeduldig du den Sicherheitsgurt über meiner Brust festzurrst. Mach' nur so weiter, bald bist du mich los!" Wir fuhren zurück nach Hause durch die Straßen, die mir in der langen Zeit ohne Diana so trostlos vorgekommen waren, jetzt, da sie wieder auf dem Beifahrersitz neben mir saß wie in alten Zeiten, wollte sich die frühere Vertrautheit mit der Umgebung nicht wieder einstellen. Unsere Entfremdung machte mir alles fremd. Wie würde es sein, wenn ich Diana tatsächlich los wäre auf irgendeine Weise? Würde ich mich ohne sie auf den alten Wegen neu zurecht finden und Freude daran haben? Mußten sich unsere Wege trennen, damit die Straßen mir wieder ihr altes Gesicht zeigten, damit ich wissen würde, wo es mit mir lang ginge? Ich stellte das Navigationssystem ein und programmierte den Namen unserer Straße. „Was soll denn das?" klang es unwillig, fast empört neben mir. „Ich weiß nicht, wohin ich soll. Die Computerstimme soll es mir sagen." „Jetzt rechts abbiegen. - Nach zweihundert Metern links abbiegen. - Sie haben das Ziel erreicht." Ich löste Dianas Sicherheitsgurt. „Ich frage dich zur Sicherheit: Haben wir das Ziel erreicht? Bin ich hier noch zu Hause?" „Hör' doch auf mit dem blöden Gerede, ich kann's nicht mehr hören!"

24

Ein fixer Junge! Michael hatte ihn, um sich Freiräume für seine beruflichen Aktivitäten zu verschaffen, per Zeitungsannonce gesucht und gefunden. Er hatte gefeixt: *„Chance für fixen Jungen. Heller Knabe gesucht.* Geben wir ihm eine Chance und mir die Chance, einmal weggehen zu können, ohne mich um dich sorgen zu müssen!" Ich war einverstanden und sogar ein bißchen aufgeregt.

Der helle Knabe war der erste, der sich uns vorstellte. Er hatte gerade seinen Ersatzdienst in der Altenpflege absolviert und mit dem Studium der Kunstgeschichte begonnen; sein Budget besserte er bisher mit Einsätzen im Auftrag eines privaten Pflegedienstes auf. Wir verstanden uns sofort so gut, daß er sich für mich zu einem Dauereinsatz auf privater Basis bereit erklärte, das heißt, er war nicht immer nur zur Stelle, wenn Michael einen Termin hatte, sondern wurde mein treuer Helfer auch bei der täglichen Morgentoilette. Ich hätte nie geduldet, daß mein Kritiker auch noch diese Aufgabe übernehmen würde, bei der er mich doch nur kritisch begutachtet hätte. Ich fürchtete seinen lieblosen Blick, mit dem er die fortschreitende Deformation meines Körpers registrierte. Und ich wollte nicht von ihm auf sachliche Weise berührt werden. Mir von ihm die Brüste waschen lassen zu müssen und die noch intimeren Regionen, die er einst liebkost hatte, hätte ich als Demütigung empfunden. Die Berührungen dieses zwanzigjährigen Jünglings, so unverfänglich sie auch waren, empfand ich hingegen als eine Art von Bestätigung, als eine wohltuende Stärkung meines Selbstbewußtseins.

Der Knabe hätte mein Sohn sein können. Er brachte mich auf andere Gedanken, indem er neue Gedanken ins Haus brachte. Was wußte ich schon von seiner Generation? Nichts. Woher auch? Ich liebte sein munteres Geplaudere, diesen flapsigen Jargon einer unbeschwerten Generation. Zunächst fiel mir auf, daß er in einem Fitneßstudio dafür sorgte, daß er vor seinem Spiegelbild nicht nur bestehen, sondern es mit berechtigtem Wohlgefallen genießen konnte. Seine Hüften paßten tadellos in die engen Jeans, und er hatte es nicht im geringsten nötig, seine Ernährung mit Kalorientabellen zu planen. Ich sah es auch mit einem bißchen Neid, und ich empfand, wenn ich ihn im Spiegel hinter mir hantieren sah, meinen entblößten Speckring als regelrechte Zumutung für solche Knabenhände. Sein ganzes Outfit war trendgerecht bis hin zum Pearcing, wobei er sich diesbezüglich auf einen goldenen Knopf im rechten Ohrläppchen beschränkt hatte, was mich, meinetwegen kindischerweise, an meine Steiff-Tierchen erinnerte; also fand ich den hellen Knaben einfach süß. Und er schenkte mir mit seiner handfesten Zuwendung und mit seinen so munter vorgetragenen Anschauungen ein lange vermißtes Wohlgefühl. Wellness! Ich wußte, daß mein Kritiker mit meinen Wellness- Angeboten nie einverstanden gewesen war, daß ich mich damit zumindest unter seinem Niveau bewegt hatte. Dieser junge Mann war keineswegs anspruchslos, aber er traktierte mich nicht mit der verklausulierten Anklage, mir mangele es seit meiner Krankheit an einem realistischen Ziel. Nein, diese Generation lebte offenkundig im Hier und Heute, besaß einen ausgebufften Realitätssinn, der sie befähigte, jede günstige Gelegenheit fürs eigene Wohlbefinden beim Schopf zu packen. "Die Suche nach dem Ziel", so zitierte er, "hat sich für uns erledigt - vorausgesetzt die Aktiengewinne stimmen." Er gab freimütig zu, daß er Autoren wie etwa Beckett, die mit ihrer Weltsicht, daß das Leben völlig absurd sei, die diese richtige Erkenntnis aber nur in abendländischem Grau in Grau darzustellen vermöchten, kaum etwas abgewinnen könne. Michael hätte hier natürlich heftig widersprochen, da unser Stück doch durchaus auch heiter sei, aber ich verstand sehr wohl, daß jener amerikanische Bestseller „Sorge dich nicht, lebe!" für diesen naiven, dabei aber sehr cleveren Burschen die passendere Lektüre war, die ihm Anleitung war für glückliche Tage. Und wenn ich ganz ehrlich bin, dann war dieser Optimismus, über den Michael nur die Nase gerümpft hätte, weil er ihm allein schon ästhetisch zu unkompliziert war, zu wenig komplex, auch für mich die geeignetere Philosophie, der ich gerade jetzt dringend bedurfte.

Wir tanzten gemeinsam in den Tag. Nachdem die Morgentoilette beendet war, nachdem ich am Schminktischchen auch dem dekorativen Aspekt Genüge getan hatte, faßte mich mein jugendlicher Partner an den Händen, zog mich aus dem Rollstuhl zu sich hoch, reckte mit mir gemeinsam die umklammerten Hände seitlich in die Höhe, und dann wiegten wir unsere Hüften im gemeinsamen Takt. Wir bewegten unsere Arme wie Lokomotivkolben; der Knabe machte mir gehörig Dampf. Es war wunderbar. Wir gingen zusammen in die Knie, reckten uns wieder simultan in die Höhe. Es war ein herrliches Auf und Ab, das mir Auftrieb gab für den ganzen Tag.

Wenn Michael am Abend einen Termin wahrnehmen mußte, war dies die Chance, mich mit meinem Tanzpartner vom Vormittag komplizenhaft in ein gemütliches Restaurant abzusetzen, um mich zu Tisch zu begeben, statt mich, wie eigentlich vereinbart, daheim ins Bett bringen zu lassen. Sicher, auch in Gesellschaft dieses Tischpartners umklammerte ich meine Gabel mit den Fingern der linken Hand so ungeschickt, daß es aussah, als äße ich mit einem Pfötchen. Aber dieser Tischherr übersah mein Handicap, weil er mit mir plauderte, anstatt mich beständig wohlwollend zu korrigieren. Ich säbelte auch jetzt ungeschickt mit dem Messer, aber er diente sich nicht gleich als bemühter Helfer an, sondern ließ mich so zurecht kommen, wie ich es selbständig schaffte. Auch in seiner Gegenwart gelang es mir nicht, den Wein zu trinken, ohne mich jedes Mal zu verschlucken, aber ich erntete dafür keine mitleidig-besorgten Blicke. Unser Gespräch stand im Mittelpunkt, nicht die banalen Aktionen, die mir ganz offensichtlich so schwer fielen. Nicht mein Unvermögen fand Beachtung, sondern das Gelingen, und irgendwie schaffte ich es ja auch, mit Anstand über die Runden zu kommen. Bevor die Vorstellung, die Michael besuchte, beendet sein würde, würden die beiden Komplizen ihr heimliches Tun vertuscht haben, das heißt, Michael würde mich brav im Bett liegend antreffen, ein bißchen beschwipst zwar und ein bißchen zu gut genährt. Ach, tat das gut, einmal unbeobachtet von Michael an einem Tisch zu sitzen und das bestellen zu können, worauf ich Lust hatte, ein Gläschen mehr trinken zu können, als er es für angemessen gehalten, ein paar Zigaretten mehr rauchen zu können, als er mir erlaubt hätte. Für zwei Stunden einmal nicht bevormundet zu sein. Ich fühlte mich in der Gegenwart meines jugendlichen Begleiters seiner Generation angehörig, einer Generation, die egozentrisch auf Lustgewinn aus war, ohne sich ständig moralisierend den Lustgewinn selbst zu vermiesen. Natürlich verhielt ich mich mit solcher Komplizenschaft, die schließlich gegen Michael gerichtet war (ihr Wesen bestand ja gerade darin, daß er ausgeschlossen war) ihm gegenüber illoyal. Aber auch darin bestand ein Reiz: Einmal gegen den Gesetzgeber, der die Gesetzestafeln zwar zu meinem Wohle aufstellte, daran gab es keinen Zweifel, zumindest heimlich aufzubegehren, wobei für etwaige Folgen schließlich ich selbst die Verantwortung übernahm. Wären mir die heimlichen Sünden nicht bekommen, so hätte ich allein dafür gebüßt. Ich akzeptiere Michaels Argumentation einfach nicht, daß ich mit meinem Tun und Lassen immer auch zugleich Verantwortung ihm gegenüber trüge, da er doch genauso von möglichen Folgen betroffen sei, wie ich. Immer befürchtet er gleich ein Debakel, ein Desaster, das ihn mit in den Abgrund ziehe. Ich glaube, daß sich hinter einem Gutteil seiner Besorgnisse ganz schön egoistische Gründe verbergen. Michael plagen Verlustängste, das ist es. Dabei, verlöre er mich, würde er nicht auch zugleich gewinnen? Er lebt nicht, er sorgt sich immerzu. Die Krisis gehört zu seinem Metier, der Kritiker sieht es ständig an allen Ecken und Enden kriseln, mal befindet sich das ganze Theater in der Krise, mal taugt ein Stück nicht, mal ist die Inzenierung mißlungen, mal haben die Schauspieler versagt, mal ist das Publikum dem Stoff und seiner Darbietung nicht gewachsen. Der Mann leidet einfach an seiner Berufskrankheit, mit der er unser Privatleben infiziert und immer mehr zu vergiften beginnt. Wie liebe ich meinen Ersatzsohn, für den die Welt in Ordnung ist, so lange die gelebte Gegenwart auf keine bessere Zukunft hoffen muß! Mit ihm lebe ich in der Gegenwart und vergesse die Hoffnungen auf die Zukunft. In seiner Gegenwart mag ich mich so, wie ich jetzt bin.

25

Ich hatte Diana einen fixen Jungen, einen hellen Knaben besorgt. Wenn alle Freunde mir rieten, ich müsse endlich wieder einmal für mich selbst etwas tun, zumindest für einige Stunden losgelöst von Diana, dann bedurfte es eines Pflegers, der mich vertreten würde. Ich war sehr einverstanden, daß sich zwischen den beiden ganz schnell ein freundschaftliches Verhältnis entwickelt hatte. Ich war keineswegs eifersüchtig, nicht mehr alleinige Bezugsperson zu sein, sondern war sogar froh, diese Rolle endlich mit jemandem teilen zu können. So hatte ich die Chance, mein Leben nicht mehr allein auf diesen einen festen Bezugspunkt Diana ausrichten zu müssen, es nicht mehr in meiner Höhle verhocken zu müssen als eine Art Troll, der sich in dieser Rolle mehr und mehr selbst genügte, nur noch hervorkroch, um in bestimmten Abständen an die an ihren Rollstuhl gefesselte Diana heranzurücken, um sich nach einer alltäglichen Verrichtung sofort wieder zurückzuziehen. Mein Aktionsradius würde sich allmählich stetig erweitern. Und Diana, was wird sie dann tun? Ich höre sie ängstlich rufen: *Du gehst doch, nicht? Du wirst doch bald gehen, nicht?* Ich konnte diese Rufe, die allein in mir selbst tönten, nur ertragen, wenn ich für Diana einen Ersatz besorgt hatte, damit ihre Angst, sich verlassen, im Stich gelassen zu finden, gemildert würde. Der helle Knabe war mehr als nur ein Ersatz, er spielte mich mit seinem einstündigen Auftritt glatt an die Wand, während ich für den Rest des langen Tages zum ungeliebten Ersatzspieler wurde. Der fixe Junge stieg tatsächlich zum Majordomus von Dianas emotionalem Haushalt auf, wogegen ich ganz banal hauszuhalten hatte. Ich schlich jeden Morgen die Treppe hinunter, schlich mich an der einen Spalt breit geöffneten Tür vorbei, riskierte nur einen ganz flüchtigen Blick auf die beiden, deren Posen und Verrenkungen mich an eine Peep-Show erinnerten, aber nur, weil ich mich als Voyeur empfand. Der helle Knabe gab die Kommandos und den Takt an. Ich hörte Dianas vergnügtes Lachen. Sie konnte also noch so lachen wie früher, aber jetzt geschah dies nur noch hinter einer halb geschlossenen Tür unter Ausschluß meiner Person. Wäre ich eingetreten, ich hätte in ein mißgelauntes Gesicht geschaut, weil mein Erscheinen sofort Mißmut bei Diana hervorgerufen hätte. Ich mußte zurückstehen, wenn ich wollte, daß Diana dieses Lever auskostete und damit den Tag irgendwie durchstand. Die Marschallin hatte ihren Octavian gefunden; zu früh, am Morgen schon ein Terzett anzustimmen, es hätte mißtönend geklungen. Ich sehnte mich nach Harmonie. Wenn mir dabei ein Tacet zufiel, hielt ich mich eben partiturgetreu zurück. Am Frühstückstisch saßen wir dann zu Dritt beisammen. Diana teilte sich mütterlich das geschälte Obst mit ihrem jugendlichen Animateur, der in ihr Morgen für Morgen die Lust zum Weiterleben weckte. Ich hoffte jedes Mal, daß die Animation bis zum Abend vorhielte und die Seele nicht in ein schwarzes Loch stürzte, wenn Diana wieder einmal in mir den Brunnenvergifter sah. Dianas Jungbrunnen blieb von mir unbehelligt, sein klares Wasser wurde von mir nicht getrübt oder gar vergiftet. Ich mochte den Jungen und ich war ihm von Herzen dankbar. Ich badete gewissermaßen in Erleichterung und spürte den Auftrieb. Ich bekam Lust, mich freizuschwimmen. Hinaus aus dem engen Becken, hinaus in offene Gewässer! Wenn Diana ihr morgendliches Vergnügen hatte, warum sollte ich mich nicht hin und wieder am Abend vergnügen! Und warum immer nur dienstlich, warum nicht auch einmal privat? Ich erklärte Diana, die unter starkem Husten litt, daß ich das Konzert keineswegs versäumen wolle, daß ich es also allein besuchen würde. Und natürlich war sie einverstanden. Sie wußte, ihr bliebe das Duett a capella, was ihr sowieso lieber war. Und der jugendliche Heldentenor war prompt zur Stelle.

Im Foyer des Konzerthauses traf ich auf etliche Freunde und Bekannte, treue Mitglieder der Konzertgemeinde unserer überschaubaren Gemeinde. „Heute ohne Diana? Geht es ihr nicht gut?" „Nur ein bisschen erkältet." „Dann grüß sie mal schön und gute Besserung!" Ich spürte hinter diesen konventionellen Floskeln einen leichten Argwohn. Eine Gruppe übersah mich einfach, wohl weil sie mich in meiner ungewohnten Rolle als Solist nicht sofort erkannte, worüber ich keineswegs verärgert war, sondern ins Grübeln geriet: Stand mir ein solcher Soloabend zu? Hatte ich meine Partnerin im Stich gelassen? „Diana ist gut aufgehoben, der Pfleger ist bei ihr und kümmert sich wie immer ganz rührend um sie." Ich glaubte, diese Erklärung schuldig zu sein wie eine Mutter, die sich als pflichtvergessene Rabenmutter ertappt wähnt und ganz schnell auf den verläßlichen Babysitter verweist. Grotesk! Man wird mir doch den Abend hier nicht verderben, ich werde ihn mir doch selbst nicht verderben mit blöden Gewissensbissen! Ich flüchtete, was ich sonst nie zu tun pflegte, an die Sektbar. So stand ich mit dem Rücken zu den Umstehenden, machte mit dem Glas in der Hand keinen verlorenen Eindruck, konnte allein sein, ohne dieses Alleinsein kommentieren zu müssen. Das eindringliche dritte Läuten erlöste mich. Ich ging in den Saal und setzte mich auf meinen

Platz in der Mitte. Mit Diana musste ich einen Platz an einem der Durchgänge wählen, um ihren Rollstuhl neben mich stellen zu können. Schon diese ungewohnte Platzwahl für das heutige Konzert empfand ich als Verrat an Diana. Es war nicht recht, daß ich hier saß, eingerahmt von zwei fremden Menschen. Mit Diana hielt ich in unseren glücklichen Jahren eine ganze Bruckner-Sinfonie lang Händchen, selbst zwischen den Sätzen, und zum Applaus beklatschten wir uns gegenseitig mit den beiden freien Händen, um auch dann noch einander nicht loslassen zu müssen. Dies war, das dämmerte mir jetzt, eine ganz fürchterliche Première: Nach zwanzig Jahren saß ich erstmals ohne Diana in einem Konzert. Als Theaterkritiker war ich es mittlerweile gewohnt, eine Première auch ohne Diana zu besuchen. Diese Situation hier war hingegen gänzlich neu für mich. Und ich empfand so etwas wie Premièrenfieber, mir wurde tatsächlich plötzlich heiß, und dann überfiel mich eine Angst, die mich als andauerndes Phänomen berufsunfähig gemacht hätte: Platzangst. In diesem Augenblick wurde ich glücklicherweise abgelenkt von dem Hälserecken des Publikums. Was gab es dort oben auf dem Rang zu sehen? Dort stellte soeben in einem Lichtkegel der Solotrompeter sein Notenpult auf. Ich schaute ins Programmheft, um festzustellen, welches das erste Stück des Konzertes sei, daß es eines solch theatralischen Aufwandes bedurfte. Charles Ives, The Unanswered Question. Ich überflog den Kommentar zu diesem kurzen Stück Programmusik: „...ist eher eine Erkundung geistiger als weltlicher Erfahrungen...langsam wechselnde Streicherakkorde, Repräsentanten der Schweiger, die nichts wissen...Die Trompete intoniert 'Die ewige Frage nach dem Sein'(Zitat des Komponisten)." Oh Gott, das war die Strafe dafür, daß ich Diana zu Hause hatte sitzen lassen, dafür also mein Nachsitzen in einer tönenden Zwickmühle, vorne die Streicher, hinten die Trompete, und alle werden sie mich mit dieser ungeheuren philosophischen Frage zwicken, der ewigen Frage nach dem Sein! Erneut durchlitt ich diese merkwürdigen Sensationen der Platzangst, aber der Auftritt des Dirigenten und sein gebieterischer Taktstock zwangen mich zum Stillsitzen. Der erste Streicherakkord – 's flüstern Geigen - das ist das Ende, das Ende von unserem Stück. Von der Empore erklingt die gewundene atonale Phrase aus fünf Tönen, jene von der Trompete intonierte ewige Frage. Auf dem Podium antworten die Holzbläser, in ihrer Seelenruhe völlig ungestört, mit gleichmütigen Akkorden. Auch ich beruhige mich. Mein Gott, es ist ein Musikstück, kein existenzphilosophischer Katechismus (Was ist die Essenz der Existenz? - Es ist alles absurd!). Aber da verstört mich das Trompeten- schon zum zweiten Mal mit der identischen Phrase, mit der unveränderten Frage. Diesmal aber schnattern die Holzbläser leicht dissonant drauf los, unterschwelliger Unwille wird hörbar gegenüber der Frage, die lästig zu werden beginnt. *Was für Schwierigkeiten hier für den Verstand.* Diana sitzt eingeklemmt zwischen den harten Lehnen ihres Rollstuhl, ich sitze hier eingeklemmt zwischen zwei Fremden. Wir sitzen alle in der Klemme, die Leben heißt. Mehr Philosophie ist sinnlos, zwecklos, absurd. Aber diese verdammte Trompete gibt keine Ruhe, sie muß es dreimal fragen! Die Holzbläser weisen die Frage mit drei dissonanten Schüben zurück, recht so. Ich habe meine Vernunft nicht verloren. Noch nicht. Etwas bleibt übrig. Etwas bleibt übrig? Was bleibt übrig? Ich will nicht, daß etwas übrig bleibt. Ich will nicht in alle Ewigkeit weiterdenken müssen. Unsere Spezies ist nicht dazu geschaffen, die Ewigkeit auszuhalten, nicht mit unserem

Bewußtsein, das wir so gerne ewig behalten würden. Von wegen dreimal! Die Trompete insistiert penetrant, beharrlich bohrt sie ihre fünf Töne in mein Hirn. Dagegen hilft nur ein rhythmisch pointiertes Auftrumpfen, eine Drohgebärde. Gut machen die Holzbläser das. Dieser wirren Frage kann man nur vielstimmig, immer schneller und lauter begegnen. Man muß sie übertönen mit Geplapper und Geschnatter, mit Umtriebigkeit und Events, mit Tempo und Spaß. Aber so schnell und einfach entkommt man der Frage nicht. Elitär, von oben herab gestellt, dazu noch atonal - wer will darauf schon antworten? Mag sie auch noch ein fünftes und ein sechstes Mal gestellt werden, wir, der gemeine Pöbel, verteidigen unsere Alltagsbanalität (*Wieder ein schöner Tag*), wir leisten aggressiven Widerstand und stimmen also mit ein in den Chor der Holzbläser, der turbulent Töne spuckt. Die emotionale Heftigkeit der Musik ergab für mich keinen faßbaren Sinn, es war Emotion ohne Verstand. Und deshalb hätte ich mich beinahe dazu hinreißen lassen, laut zu brüllen: Scheiße, Scheiße, Scheiße! Was mich zudem verwirrte: Diana saß nicht neben mir, ich hielt nicht ihre Hand, und dennoch war ich emotionalisiert. Ich führte hier ein Eigenleben, ich hatte Empfindungen ohne Diana. Gäbe es also doch ein Leben nach Diana für mich? Meine zwar nicht ewige, aber mir immer öfter selbst gestellte Frage. Es war schon höchst merkwürdig, dass diesem Stück Haydns „Abschiedssymphonie" folgte...

26

Mein armer Michael! Das Schwert ist über ihn gekommen. Sie haben fürchterlich an ihm herumgeschnitten. Wir verbringen unsere Tage in einer Rehaklinik, wo er lernt, mit seiner Behinderung umzugehen. Er liegt meist auf dem Bett, und ich sitze im Rollstuhl neben ihm.

Zwei Jahre waren nach meinem Crash vergangen, wir hatten wieder einigermaßen Tritt gefaßt, auch wenn ich nicht mehr gehen konnte, es ging, wir hatten uns den neuen Verhältnissen angepaßt, irgendwie. Und nun dieser so plötzlich aufgetauchte Stolperstein! Nein, es war schon ein massiver Felsbrocken, der uns den Weg durch ein halbwegs normales Leben versperrte, scheinbar unbezwinglich, kein Weiterkommen mehr auf der mühsam gefundenen Bahn. Wie mag der so fürchterlich maltraitierte Michael dies erleben, wie darüber denken? Seine ganz und gar unerwartete Frage:

„Erinnerst du dich noch, wann wir das letzte Mal miteinander geschlafen haben? Komisch, daß wir nicht wußten, daß es das letzte Mal sein würde. Wie hätten wir es erlebt, wenn es uns bewußt gewesen wäre? Der letzte Koitus, unser letztes Zusammenkommen und Zusammengehen, bis wir beide kamen - nicht erkannt als das Durchlaufen des Zielbandes, hinter dem es nichts mehr gemeinsam zu gewinnen gibt. Aus und vorbei. Jetzt hat unser Stück erst so richtig für uns begonnen: Du sitzt fest, und ich liege als impotenter Mann irgendwo neben oder hinter dir."

Ich konnte nicht antworten, ich mußte weinen. Jetzt war ich es, die zumindest dachte: Ich bin oft ungerecht dir gegenüber, verzeih' mir! Da wir einander schon lange nicht mehr so nah waren, daß wir uns wirklich spürten, hatte ich Michael zunehmend kritischer gesehen. Früher hatte das aufregende Fühlen alle anderen Sinne überlagert, zumal das Sehen. Jetzt schaute ich Michael von Kopf bis Fuß an, wenn er, nur mit der Unterhose bekleidet, früh morgens vor mir stand, um mir zur Toilette zu helfen. Ich sah seine dürren Schenkel, seine Pobacken, die nur noch Verlängerung seiner Beine zu sein schienen, seine Brust, die viel zu breit war auf solch dürrem Sockel. Ich sah das alles jetzt, weil ich ihn nicht mehr liebte. Heute empfand ich wenigstens Mitleid, Mitleid mit dem armen Teufel Michael, der einmal mein Erzengel war.

„Michael, das Schlimmste hast du überstanden, du wirst sehen, du kommst, anders als ich, wieder völlig auf die Beine. Du wirst nicht den Rest deines Lebens so neben mir liegen."

„Mach' dir keine Illusionen, meine Gefährtin in unseren unglücklichen Jahren. Fortan werde ich mein Leben in deiner Nähe verhocken, um dann und wann mühsam zu dir zu kriechen, dir eine Zigarette, einen Kaffee, die Zeitung, ein Buch, deine Post, das Telefon zu reichen, um mich alsbald wieder nebenan zu verkriechen, die Zeitung zu durchblättern, die Zeit rascheln zu hören und sie mit den belanglosesten Seiten tot zu schlagen. Ich fühle mich verschlungen von einem schwarzen Loch, mag sich alles um mich herum weiter bewegen, mich gibt es nicht mehr. Unser Unglück ist ein Moloch, der mich verschluckt hat." Da war sie wieder, seine Lust am pathetischen Leiden. „Herrgott, nimm dich zusammen! Du wirst doch jetzt nicht schlapp machen! Nimm dir ein Beispiel an mir! Jammere ich so herum? Wenn du leben willst, lebe, wenn du sterben willst, stirb! Nur mach' keine große Oper draus!"

Mein Gott, er steckt wahrhaftig in der Klemme. Wenn er nicht mehr fähig wäre, unseren Haushalt zu führen, wohin führte mich das? In die Hölle eines Pflegeheims!

„Michael, komm heraus aus deinem schwarzen Loch! Uns droht keine kosmische Katastrophe, du nimmst das alles viel zu tragisch. Reiß dich zusammen!"

„Wir sind Figuren, die aus unserem Stück in die Wirklichkeit gewechselt sind. Wir spielen dieses absurde Spiel nicht, wir leben es. Wir können nicht einfach eine Pause eintreten lassen, können auch keine neue Variante ausprobieren, oder einfach sagen: Vorhang zu! Nein für uns ist jetzt alles tödlicher Ernst. Ein Revolver nicht nur theatralisches Requisit..."

Warum sollte ich mich erschießen wollen? Wozu eine solch dramatische Nummer? All die Mühen, aller Kampf um den aufrechten Gang umsonst? Ich hatte doch Fortschritte gemacht. Nein, noch keine wirklichen Schritte, die mir ein Fortgehen erlaubt hätten. Noch keine echten Gehversuche, aber immerhin schon Stehversuche. Und schon der Ansatz eines Hüftschwunges, wenn auch mit eingeknickten Knien und komisch zurück gedrücktem Hintern. Ein grotesker Tänzchen, das die Alte da mit ihrem jugendlichen Pfleger vollführt. Wir lachen. Ich habe noch etwas zum Lachen! Warum mich also erschießen? Für mich lohnt es doch, mich herauszuwühlen aus diesem grotesken Sandhaufen - sicher ein theatralisch wirkungsvolles Symbol, und doch eine lächerliche Erfindung, allzu künstlich, gekünstelt. Und wer darin festsitzt, kann doch im Ernst nicht so tun, als ob dies ganz normal sei. Wer echt so festsitzen würde, der begehrt doch auf, will hinaus, befreit sich. Keinen Tag länger würde ich in diesem Sandhaufen sitzen bleiben, wenn ich noch laufen könnte. Diese verrückte Person könnte doch noch laufen, oder? Warum tut sie's dann nicht? Sie könnte so heftig und so lange strampeln, bis sie sich herausgewühlt hätte aus diesem komischen Scheiterhaufen unter einer sengenden Sonne, die ihren Schirm in Flammen aufgehen läßt. Will sie warten, bis sie selbst zu brennen beginnt? Ein Regisseur müßte den Mut haben, diese Frau am Ende aus ihrem kuriosen Gefängnis herausklettern, sich die Sandkörner abschütteln, den Sand aus den Schuhe klopfen lassen- und dann nichts wie weg, den Pieres und Stärers nachgelaufen, weg aus dieser menschenleeren Ebene! Ja, ich begehre auf, ich wühle mich heraus aus meinem Schlamassel, und dann nichts wie weg! Der helle Knabe steht schon neben mir, bereit, meine Hände zu greifen und mich zu entführen.

„Du mußt mir heraushelfen!" Da lässt er die Schlaufe über mir baumeln, ich greife zu, und er zieht mich nach oben. Schon sehe ich meine Hüften. Aber dann geht es irgendwie nicht mehr weiter. Die Beine stecken fest. Ich versuche zu strampeln. Ich strampele und strampele, gerate völlig außer Atem und erwache. Aus der Traum! Aber der Wunschtraum hat sich in mir festgesetzt: Mein fixer Junge, meine Rettung. Ich werde mit ihm fremdgehen, in die Fremde gehen, wo Michael uns nie und nimmer aufspüren wird. Warum sollte er auch? Wir sind zwei Störenfriede, wir stören gegenseitig unseren Frieden. Machen wir einander den Weg frei! Und wenn der helle Knabe sagt, ich spinne? Dann soll er mir wenigstens den Revolver besorgen!

Bei der Morgentoilette schlug ich meinem Traumpartner eine Traumreise (so wie ich sie mir erträumte) vor:

„Was hieltest du davon (es war das erste Mal, daß ich ihn duzte), wenn wir beide, wir beide ganz allein, nach Ägypten fliegen würden, wohin du doch so gerne einmal reisen würdest?"

„Hm."

„Es wäre ein bezahlter Urlaub für dich, ich komme für alle Kosten auf"

„Eine verführerische Idee."

„Ich will dich keinesfalls verführen."

Er lachte erstmals ein sehr gezwungenes Lachen, bisher lachten wir immer wie fröhliche Kinder, die sich über ihr drolliges Tänzchen selbst amüsierten.

„Was wird Ihr Mann dazu sagen?"

„Er wird froh sein, mich eine Weile aus den Füßen zu haben, um auszugehen, wann und wohin er will."

„Haben Sie schon mit ihm darüber gesprochen?"

„Ich hatte vor dem Aufwachen geträumt, die Idee mit der Reise ist mir dabei ganz spontan gekommen."

Er setzte mich in den Rollstuhl, noch bevor wir unser gewohntes Programm zu Ende gebracht hatten.

„Darüber muß ich erst einmal nachdenken. Ich überschlafe Ihren Vorschlag, morgen gebe ich Ihnen Bescheid."

Ich war über seine bedächtige, reservierte Reaktion, über seine Standardformulierungen, die so geschäftlich klangen, maßlos enttäuscht. Was hatte ich denn erwartet? Ein Aufjauchzen, einen Freudensprung, eine spontane Umarmung des Einverständnisses? Mein Gott, war ich blöd! Wir saßen wortkarg am Frühstückstisch mit Michael zusammen.

,,Was ist? Heute nicht so gut drauf? Ich bin vom Wetterumschwung auch ziemlich benebelt."

In meinem Kopf spukte es: Nacht und Nebel, ein Traum, ein nebulöses Vorhaben, eine Nacht- und Nebelaktion. Mein Helfer (war er das noch, wollte er es in dem von mir erhofften Maße sein?) machte dem Spuk ein Ende, indem er sich schnell verabschiedete, er müsse heute leider etwas früher aufbrechen. Ich war ernüchtert. Hast du den Verstand verloren, Diana, den Rest deines armseligen Grips? Dann aber kehrte die Euphorie zurück, die mich geschäftig durch die Wohnung kurven ließ. Ich griff aus dem Regal die alten Reiseführer und Bildbände, ich inspizierte den Kleiderschrank und wählte die passende Kleidungsstücke, ich überprüfte den Medikamentenvorrat, ich suchte aus der Schmuckkassette einige Stücke heraus, ich tat gerade so, als ginge es schon morgen los. *Oh, dies wird wieder ein glücklicher Tag gewesen sein. Trotz allem. Bislang…*

27

Der fixe Junge hat sich verdrückt. Keine Nachricht von ihm, er bleibt einfach verschwunden, spurlos, unauffindbar, keiner weiß uns eine Auskunft über ihn zu geben. Hat der helle Knabe gespürt, daß Diana möglicherweise von ihm mehr erwartete, als er zu geben bereit war? Sie hatte ihn zu meiner Verblüffung plötzlich zu duzen begonnen. Hat er sich ihrer zunehmenden Vereinnahmung entzogen? Ich weiß es nicht, ich habe auch nicht mit Diana darüber gesprochen. Sie schmollte wie ein verstocktes Kind, das den zurückgebliebenen Elternteil straft, weil der andere es verlassen hat. Das ging so eine Woche lang, in der ich die Dienste des Abtrünnigen übernahm. Diana ertrug mein täppisches Hantieren schweigend, lehnte aber meine Aufforderung zum Tänzchen ab, da ich dafür nun einmal nicht der geeignete Partner sei. Zu Beginn der zweiten Woche nach des Knaben offenkundig endgültigem Abgang, ging ich, wie jeden Morgen, hinunter in Dianas Zimmer. Ihr Bett war leer. Ich war noch ziemlich verschlafen und rieb mir buchstäblich die Augen. Ich sah ohne Kontaktlinsen einfach nicht recht, auch dies ganz wörtlich zu verstehen. Der Rollstuhl stand nicht neben dem Bett. Die Tür zum Bad war geschlossen. Hätte ich einfach nach Diana rufen sollen? Das kam mir lächerlich vor. Sie mußte im Bett liegen, den Bauch zur Wand gedreht, das Kissen hinter den Kopf geknüllt. Wenn ich jetzt den Rollo hochziehe, dann greift sie nach der Schlaufe, zieht sich ein bißchen hoch zum Kopfende des Bettes hin und blinzelt in die Morgensonne. Ich nehme die Schelle von ihrem Nachttisch und klingele. Sie rührt sich nicht. Ich klingele heftiger. Und von der dem Fenster gegenüber liegenden Seite höre ich ihre Stimme: *„Heil, heilig Licht!"*

Sie sitzt dort, fertig angezogen, auf ihrem Rollstuhl, mit dem sie offenbar rückwärts bis dicht an die Wand herangefahren ist. Sie hat den Kopf gehoben, starrt gerade aus, rührt sich nicht. Lange Pause. Sie wirft den Kopf zurück und starrt der Morgensonne entgegen. Ich begreife das alles nicht. Ich bin sprachlos. Sie legt die Hände auf die Lehnen, umklammert sie fest und drückt sich hoch in den Stand. Ich hatte am Vortag eine öffentliche Probe der Neuinszenierung unseres Stücks besucht. In der Mitte der Probebühne stand das rohe Gestell, das, entsprechend kaschiert, einmal der Hügel sein würde. Die Darstellerin sprach die letzten Worte des ersten Aktes: *Bete dein altes Gebet, Winnie.* Damit war die Probe beendet, und Winnie kletterte ohne jede Hilfe aus ihrer absurden Behausung. Also träumte ich jetzt dieses Bild. Zumindest war es Tagträumerei. Auch Diana erzählte mir immer wieder von solchen Träumen. Kein Wunder. Oder jetzt doch ein wirkliches, wahrhaftiges Wunder und keinesfalls ein bloßer Traum? Das Leben ein Traum. Ein Albtraum für mich? Die festsitzende Diana war zum festen Bestandteil meiner Existenz geworden. Wenn Diana wirklich frei, ohne sich irgendwie abzustützen, mir gegenüber stand, dann war dies ihr gelungener Aufstand gegen mich, der meine Existenz ins Wanken brachte. Wozu war ich, der so vieles aufgegeben hatte, dann noch gut? Sie kann doch nicht so einfach aufstehen, kein Plan hatte je mit einer solchen Entwicklung gerechnet, kein Umbauplan, kein Therapieplan und schon gar nicht mein Lebensplan; sie war im Begriff, alles zu vermasseln. Ich schämte mich meiner egozentrischen Betrachtungen. Ich hätte vor dem Bild, das Diana bot, in die Knie gehen müssen, ich hätte es anbeten müssen: *Oh ja, große Gnaden. Mehr kann ich nicht sagen. Im Moment...Hier ist alles seltsam.* Kein Arzt konnte mir je erklären, was wirklich mit Diana geschehen war, was diesen ominösen intraoperativen Zwischenfall wirklich ausgelöst hatte, und wie es dann zu jener verheerenden Kettenreaktion gekommen war, die Diana letztlich in unsichtbare Ketten legte, die bislang kein Mittel zu sprengen vermocht hatte. Worüber jetzt für mich kein Zweifel mehr bestand, das war: Diana war selbständig aus dem Bett gestiegen, hatte selbständig ihre Morgentoilette gemacht, hatte sich selbständig angezogen und war soeben vor meinen Augen selbständig aus dem Rollstuhl aufgestanden. So wenig mir die Ärzte Dianas Fall erklären konnten, so wenig würden sie diesen unbegreiflichen Aufstieg erklären können. Ich dachte an Lourdes und ähnlich frommen Betrug und Selbstbetrug und memorierte das Bibelwort: „Stehe auf und wandele!" Diana stand schon, sie zeigte sich buchstäblich selbständig, schon dies war ein ungeheurer, unglaublicher, unfaßbarer Fortschritt. Jetzt fehlte nur noch der nächste Schritt. Und sie tat ihn! Nicht nur einen Schritt, nein, Schritt für Schritt ging sie Richtung Zimmertür. In mir tönte dazu als Begleitmusik eine Art schräger Marschmusik: Schritt – Schnitt – Schritt - Schnitt. Denn ich wußte: Diese Schritte bedeuteten für uns beide eine einschneidende Veränderung. Wer, wie jetzt Diana, in der Lage war, seine Position so einschneidend zu verändern, der war mit einem Schlag imstande, einen harten Schnitt zu machen. Diana, so fürchtete ich, könnte sich als erbarmungslose Cutterin erweisen, die unsere gemeinsamen Szenen aus ihrem Leben herausschneidet, weil sie in den Abfalleimer ihrer Geschichte gehörten; sie würde ihr

Lebensdrehbuch, so weit es die Zukunft betraf, womöglich drastisch ändern oder gar völlig neu schreiben, und ich käme darin nicht mehr vor. In diesem Augenblick fühlte ich mich als hilfloser Zuschauer ihrer Schritte, die den bisherigen Gang der Dinge, an den ich mich nur mühsam gewöhnt hatte, so unerwartet durchkreuzten. Diese Schritte, diese Fortschritte jetzt zur Tür hinaus in den Flur, sie könnten dereinst ihre Schritte fort von mir bedeuten. Endlich gelang es mir, mich aus meiner Ichbezogenheit zu lösen und mich wieder ganz Diana zuzuwenden. Ich machte ein paar schnelle Schritte hinter ihr her, breitete die Arme aus und wich ihr nicht mehr von den Fersen, jede Sekunde bereit, sie, wenn nötig, aufzufangen. Sie wankte wie ihre früheren Patienten, die eine beidseitige Hüftoperation hinter sich hatten, aber sie hielt durch. Immer wieder ergriff sie die Flucht nach vorn, um gerade noch einen Türgriff, eine Stuhllehne oder eine Tischplatte als Zwischenhalt zu erreichen. Auf meinen Fingerkuppen bildeten sich Schweißperlen, aber ich zwang mich trotz aller zunehmenden Anspannung und Nervosität die Finger von ihr zu lassen; ich fürchtete, Diana sonst ihre abenteuerliche Nummer zu verderben. Wir waren ein merkwürdiges Duo, das eine stumme Slapsticknummer zum Besten gab. Diana blieb leicht schwankend, ihren Stand immer wieder ausbalancierend, vor den Regalen stehen, zog Bücher heraus, an die sie zwei Jahre lang nicht mehr heranreichen konnte, öffnete die oberen Hängeschränke in der Küche, sie durchwankte die ganze Wohnung, verweilte, zog heraus, öffnete, inspizierte, schloß. Und schließlich beschloß sie, die Treppe hinaufzusteigen, um sich ihr altes Reich als gestandene Person neu anzueignen; sie begann, sich am Geländer nach oben zu hangeln. Ich hatte wahrlich nichts zu verbergen oder zu verheimlichen, aber dennoch empfand ich diese Aktion Dianas als penetrant, sie drang da in Bereiche, die ihr so nicht mehr zustanden, mit ihrem aufrechten Gang schien sie etwas rückgängig machen zu wollen, aber die Zeit war nun einmal während ihres erzwungenen Stillsitzens nicht stehen geblieben, es hatte Veränderungen gegeben, gegen die sie jetzt keinen Aufstand machen konnte. Die Primatin, wieder auf zwei Beinen, benahm sich eine Spur zu herrisch und bedeutete mit all ihren Aktionen, daß sie künftig den Primat zu beanspruchen gedenke, mit ihrem Rundgang setzte sie mich zurück, jedenfalls empfand ich es so. Sie durchwühlte die Schränke, reklamierte, daß etwas nicht mehr an seinem Platz sei oder fehle, daß ich offenbar aufgeräumt und weggeräumt habe, ohne sie zu fragen. Schließlich gelangte sie an den alten Sekretär ihres Vaters, und während sie die Klappe öffnete, forderte sie mich in ziemlich barschen Ton dazu auf, doch bitte aus dem Zimmer zu gehen. Außergewöhnliches, Wunderbares hatte sich ereignet, das mit einem Schlag alles zwischen uns hätte verändern müssen. Aber geblieben waren die alten Nörgeleien, der alte aggressive Ton. Ich setzte mich vor der Tür auf einen Stuhl und grübelte über meine Verlustängste. Diana kam heraus und hielt einen Revolver in der Hand.

„Ich wußte, daß er irgendwo im Sekretär meines Vaters herumliegen mußte. Gut zu wissen, dass es ihn gibt."

„Diana!"

„Diana, Diana!" äffte sie mich nach, "ich werde mich schon nicht damit erschießen. Aber ich werde mir trotzdem Patronen besorgen."

„Diana, bitte, leg' das Ding zurück in das Fach, aus dem du es genommen hast. Besser noch, gib es mir, bitte!"

„Ich denke nicht daran. Jetzt besitze ich zwei Waffen: Ich kann wieder laufen, woran du nie geglaubt hattest, und ich könnte mich notfalls erschießen, wenn dies nur eine Art Anfall ist, der vorüber geht, und ich zurückfalle in den alten Zustand, der mit Stand bekanntermaßen wenig zu tun hat."

„Diana, warum dieser Zynismus? Wir können es beide kaum glauben, kaum fassen, und doch ist es wirklich. Weiß Gott, wer oder was dies bewirkt hat, seien wir doch einfach glücklich! Leg' das Ding dorthin zurück, woher du es genommen hast. Vertraue jetzt ein bißchen auf unser unfaßbares Glück! Wir gehen jetzt zusammen hinunter, ich öffne eine Flasche Champagner, wir trinken auf deine Wiederauferstehung, und dann rufen wir alle Freunde an und feiern ein großes Fest."

„Was für Schwierigkeiten hier, für den Verstand. Immer gewesen zu sein, was ich bin - und nun so anders als das, was ich war. " Diana kannte ihren Text. Ich hatte das Büchlein wieder hervor geholt, um mich auf die bevorstehende Première vorzubereiten. Diana hatte offenbar darin geblättert.

„Du bist wieder ganz die, die du warst. Du bist niemand anderes. Du bist meine Diana."

„Glaubst du das wirklich? Nur weil ich wieder ein bißchen herumlaufe?"

Diese denkwürdige Stunde hatte mich total verwirrt. Ich war erschöpft. Ich vergaß den Revolver.

„Ich lege mich noch einmal ein bißchen hin. Wenn du mich brauchst, rufst du mich, ja?"

„Ich brauche dich nicht, ich komme gut allein zurecht."

Dann bleibt mir nur noch, mich zu verkriechen, dachte ich. Ich wünschte mir geradezu den Rollentausch, ich spürte die Regressionsgelüste: Mich in meiner Höhle verkriechen und mich versorgen lassen bis ans Ende meiner unglücklichen Tage.

28

Michael lag in unserem einstmals gemeinsamen Schlafzimmer auf unserem alten breiten Bett, das genügend
Platz für uns beide geboten, aber kein wirkliches Ab-
rücken von einander erlaubt hatte; das war auch nie nötig
gewesen. Michael hatte sich angezogen auf die Zudecke
geworfen und war wohl sofort eingeschlafen, obwohl er
doch erst vor zwei Stunden aufgestanden war. Merkwürdig, jetzt, da ich nach so langer Zeit erstmals wieder vor
ihm stand und auf ihn, der vor mir lag, herabschauen
konnte, erkannte ich, wie erschöpft und abgespannt er
war. Ich erkannte ihn als mein unglückseliges Geschöpf,
ich hatte ihn erschöpft auf eine Weise, die mit diesem Bett
nun gar nichts mehr zu tun hatte. Ich mußte ihn viel Kraft
gekostet haben. Auch ich war jetzt ein wenig erschöpft von
meinem Kraftakt, mit dem ich mich in der letzten Stunde
doch merklich überfordert hatte. Ich setzte mich neben
Michael auf die Bettkante. Der Revolver lag schwer in meiner Hand, ich mußte das Ding endlich wieder los werden.
Also legte ich ihn auf den freien Platz zwischen Michael
und mich. Jetzt, wo Michaels Gesicht so ruhig vor mir lag,
entdeckte ich die kleine rote Narbe direkt unter seinem
linken Auge. Ich erinnerte mich, wie ich ihm haßerfüllt die
Schnalle aus hartem Plastik an der Schlaufe, in die ich in
meinem Selbsthaß meinen Kopf zu stecken wünschte, ins
Gesicht geschleudert hatte, als er sich gerade über mich
beugte, um mir einen Gute-Nacht-Kuß zu geben. Ich
hauchte ein Küßchen auf diese alte Wunde, von denen es
noch so viele andere unsichtbare gab, die wir uns gegen-

seitig zugefügt hatten. Warum nur, warum nur? Jetzt bloß keine Rührseligkeit, Diana!

„Der welcher wandelt diese Straße voll Beschwerde ..." Nach bestandener Steh- und Gehprobe ja keine Mozart-Seligkeit! Wie lautet noch die wundervolle Zeile? „Bei Männern, welche Liebe fühlen, da fehlt ein gutes Herze nicht ..." - zauberhaft, ganz nah am Operettenkitsch: Er sagt klar : ʼs ist wahr, ʼs ist wahr, Du hast mich lieb!

`S ist wahr, wir waren hier vieltausend Mal ein Fleisch und eine Seele. Ganz vorsichtig, um Michael auf keinen Fall zu wecken, zog ich das rechte Bein hoch, setzte die Ferse auf die Bettkante, drückte mich ab, so daß ich das linke Bein nachziehen konnte, rollte mich auf die Seite und berührte mit meiner Nasenspitze fast Michaels Kinn. Jetzt bin ich es, die zu ihm hochgeklettert ist. Eine Variante des Schlusses unseres Stücks, die mir sehr gefiel. Wir lagen beide ganz ruhig, ich paßte mein Atmen Michaels gleichmäßigem Atemrhythmus an. Die alte Harmonie! Ich begann, in den Tag hinein zu träumen, ich träumte von unseren glücklichen Jahren. Irgendwann spürte ich, wie sich der Revolverlauf schmerzhaft in meinen Oberschenkel bohrte. Aber ich rührte mich nicht.